MA VIE, MON EX ET AUTRES CALAMITÉS

Roman

CHARLESTON
POCHE

De la même auteure :

Comédies romantiques :
Je peux très bien me passer de toi
(Charleston poche, 2017 – Prix Confidentielles)
Là où tu iras j'irai (Livre de poche, 2018)

Dystopies / Romans fantastiques :
Elia la passeuse d'âmes, tome 1
(Pocket Jeunesse, 2016)
Elia la passeuse d'âmes, tome 2, Saison Froide
(Pocket Jeunesse, 2018)
Elia la passeuse d'âmes, tome 3, Saison Chaude
(Pocket Jeunesse, 2019)

10, place des Cinq-Martyrs-du-Lycée-Buffon
75015 Paris – France
www.editionscharleston.fr

ISBN : 978-2-36812-468-0

Maquette : Patrick Leleux PAO

Pour suivre notre actualité, rejoignez-nous sur Facebook (Editions. Charleston), sur Twitter (@LillyCharleston)
et sur Instagram (@LillyCharleston) !

À mes parents, pour leur confiance et
leur soutien inébranlables dans chacun de mes projets,
y compris les plus stupides.

« Life begins at the end of your comfort zone. »
Neale Donald Walsch

1.

SARAH LAMOUR ET JACKSON POLLOCK

De : anita-dolgis@wanadoo.fr
À : ju.charpentier@gmail.com
Date : 13/10/2013 - 7:34:06
Sujet : Chèque

Chère Juliette,
Le chèque est parti la semaine dernière, je suis surprise que vous ne l'ayez toujours pas reçu. J'en profite pour vous dire que Nicolas m'a envoyé le lien Facebook des photos de votre week-end à Saint-Malo et j'ai pu voir que vous aviez bien profité des sablés bretons. Je passerai déjeuner

chez vous dimanche, embrassez bien mon fils chéri pour moi.
Anita

P.S. : Si jamais ça vous intéresse, une amie m'a conseillé un très bon club de sport dans le onzième.

Juliette faillit en cracher son café au lait sur le clavier. Elle cliqua sur « Répondre » :

De : ju.charpentier@gmail.com
À : anita-dolgis@wanadoo.fr
Date : 13/10/2013 - 8:01:47
Sujet : Re : Chèque

Très chère Anita,
Je vais très bien, merci, et vous ?
Nicolas sera ravi de votre visite de dimanche (pour ma part, j'ai à peu près autant envie de vous voir que de m'immoler par le feu place de la Concorde).
En ce qui concerne l'adresse de votre club de sport, je vous suggère de vous la...

Elle s'interrompit et pouffa devant l'écran. Nicolas passa la tête dans l'encadrement de la porte.

— Y a pas de café ?

Elle lui sourit, il était beau avec ses yeux bleus encore endormis. Pour lui, elle était capable de tout supporter, même les mails odieux de sa future belle-mère au réveil.

— J'arrive, mon amour, je réponds juste à ta mère. Je ne pensais pas que tu te lèverais si tôt.

— J'ai rendez-vous avec Chloé.

Juliette fronça les sourcils.

— Encore ?

Il referma la porte avec un soupir et elle effaça la réponse précédente pour écrire :

Chère Anita,
Merci pour votre e-mail. Nous n'avons pas encore reçu le chèque, peut-être s'est-il perdu ? Pas de problème pour dimanche et bonne journée.
Juliette

Elle hésita, haussa les épaules et envoya le message. Ça l'agaçait que Nicolas fasse l'effort de se lever aussi tôt pour voir Chloé. D'habitude, il n'émergeait jamais avant dix heures. Elle jeta un coup d'œil à sa montre. Son boss, Hervé, surnommé Dark Vador car il respirait très fort quand il s'énervait, allait encore lui demander d'un ton lourd de sous-entendus si elle avait pris sa matinée. Ce n'était vraiment pas le jour. Il lui avait déclaré la veille qu'elle serait promue dans la semaine. Plus exactement, il lui avait dit : « J'en suis à quatre-vingt-quinze pour cent sûr. » C'était stupide quand on y réfléchissait. Qui annonce à un employé qu'il sera « peut-être » promu ?

Elle fonça à la cuisine, prépara le café pendant que Nicolas bâillait devant le grille-pain. Elle lui sortit le Nutella, le lait, le pain de mie et déposa un baiser sur ses lèvres. Dans la salle de bains, elle entreprit de discipliner ses boucles brunes à grand renfort de mousse coiffante, puis elle s'interrompit pour examiner son reflet avec attention. Avec les cheveux blonds et lisses, elle aurait pu ressembler à Sarah Lamour. Il y avait une ressemblance, une petite. Au moins au niveau des sourcils. C'était d'autant plus étrange que Juliette était née le même jour que Sarah Lamour. Certes, Sarah Lamour ne connaissait pas Juliette et le monde entier connaissait Sarah Lamour, l'actrice française devenue star hollywoodienne, depuis qu'elle avait tourné dans *Dieu s'habille en Zara* cinq ans plus tôt, mais Juliette ne pouvait s'empêcher de penser que la même date de naissance et cette vague ressemblance ne devaient rien au hasard. C'était un signe. Le signe qu'elle aussi, au même titre que l'actrice, était promise à un avenir glorieux.

Ses yeux tombèrent sur le réveil posé sur la tablette du lavabo. Il indiquait huit heures quinze et elle reprit son sèche-cheveux d'un geste décidé. Si elle devait être promue, elle ne pouvait plus se présenter au boulot coiffée au défibrillateur. Selon Nicolas, ses cheveux au réveil « formaient un ensemble désordonné ressemblant de manière frappante à une toile de Jackson Pollock ». La première fois qu'il lui avait sorti cette blague, elle avait éclaté de rire, puis elle avait couru rechercher « Paul Loque » sur Google. C'était épuisant de vivre avec un intellectuel.

À peu près coiffée, elle se mit à la recherche d'une tenue appropriée à son futur nouveau poste, une tenue qui disait je-suis-professionnelle-crédible-et-sympathique-avec-un-petit-côté-femme-fatale-mais-bonne-élève-qui-a-confiance-en-elle. Il lui fallut vingt minutes d'investigation et d'essayages pour aboutir à la conclusion qu'une telle tenue n'existait pas, du moins pas dans son placard. Après s'être changée deux fois, elle balança sur le lit la petite robe Maje achetée quelque temps auparavant pour enfiler un tailleur trop serré. C'est vrai qu'elle y avait été un peu fort sur les sablés.

Elle courut jusqu'à la station Louise-Michel et manqua de se faire écraser par le camion de livraison Monoprix. Arrivée sur le quai, elle consulta sa montre et poussa un gros soupir. Elle était vraiment très en retard, d'habitude elle était toujours à l'heure.

Enfin, presque toujours.

Et puis, quand on fait bien son travail on n'a pas d'horaires, on n'a que sa passion. C'était bien le genre d'idioties qu'Hervé, alias Dark Vador, débitait quand il fallait rester plus tard pour finaliser un contrat. De toute façon c'était une mauvaise journée, il n'y avait qu'à lire son horoscope du jour à l'avant-dernière page du *20 Minutes* : « Ciel astral embrumé, votre dispersion intellectuelle sera source de négligence. La chance n'est pas au rendez-vous aujourd'hui. »

D'autre part, la perte du chèque la perturbait. Juliette ne voyait pas d'inconvénient à tout payer en attendant que Nicolas finisse sa thèse, mais sans les quatre cents euros mensuels versés par Anita à son fils, c'était compliqué de vivre à deux avec son salaire de commerciale.

Elle se faufila dans l'open space et fit un détour pour éviter le bureau d'Hervé. Elle se glissa devant son ordinateur en soufflant comme une marathonienne. Caroline Arembert leva la tête du bureau d'en face, ses yeux bruns amusés par l'expression paniquée de Juliette. Avec un sourire, elle pointa du doigt la salle de réunion sur sa gauche en secouant la tête, ce qui voulait dire « T'inquiète, il n'est pas encore sorti de sa réu ». Juliette, rassurée, fit mine de tenir l'anse d'une tasse à café imaginaire et Caroline hocha la tête en signe d'assentiment.

Caroline Arembert n'était jamais en retard. Elle était réputée pour son organisation germanique et les heures supplémentaires qu'elle enchaînait sans jamais rechigner. En dépit de ces défauts notoires, elle restait la collègue préférée de Juliette, soit celle avec qui elle critiquait toutes les autres.

Devant la machine à café, Caroline étudia le visage rouge de Juliette et sourit.

— Panne de réveil ? Je n'ai pas de monnaie, tu me prêtes quarante centimes ?

Malgré son sens de l'organisation, Caroline n'avait jamais de monnaie pour son café. Juliette lui tendit quarante centimes, puis elles se mirent à casser du sucre sur le dos de Dark Vador qui, paraît-il, s'était fait remonter les bretelles par la direction pour des histoires de coûts de fonctionnement trop élevés.

— Tu te rends compte, dit Caroline, si lui doit réduire les dépenses, radin comme il est, ce que ça doit être dans les autres départements ?

— On ne va même plus avoir le droit d'emmener les clients au restaurant, répondit Juliette en appuyant à regret sur la touche « cappuccino sans sucre ».

Juliette travaillait dans le département Produits d'entretien d'un des leaders français du secteur des fournitures de bureau : CleanOffice. Un des rares intérêts de son poste de commerciale consistait à emmener ses clients au restaurant. Principalement parce qu'une fois qu'on avait crié « j'ai un dèj-cli » dans l'open space, on pouvait disparaître du bureau de midi à seize heures sans avoir à rendre compte de son emploi du temps. Il faut dire que quand on vend du détergent et des sacs-poubelle à des entreprises, il est primordial de bien gaver ses clients, ne serait-ce que pour les maintenir éveillés pendant une négociation à faire mourir d'ennui n'importe qui.

— Allez, courage, quand je serai promue responsable Grands Comptes sur les Yvelines, Dark Vador n'aura qu'à bien se tenir, dit Caroline en remuant son café.

Juliette lui fit signe de se taire d'un geste brusque, elle venait d'apercevoir Christelle Crogue, la fouine du département comptabilité. Christelle Crogue portait son tailleur marron des très mauvais jours. Les mauvais jours, elle portait du gris, et en quatre ans de boîte, Juliette n'avait pas eu le loisir de voir une seule fois la couleur des bons jours.

— Dark Vador ? demanda-t-elle en haussant un sourcil trop épilé pour être honnête, c'est d'Hervé que vous parlez comme ça ?

Dans un moment de panique Juliette entreprit d'avaler cul sec son café brûlant tandis que Caroline, imperturbable, répondait avec hauteur :

— Bien sûr que non et ça ne vous regarde pas de toute façon.

Christelle Crogue ouvrit la bouche pour répondre, se ravisa et leur tourna le dos pour glisser ses pièces dans la machine.

Caroline attendit qu'elle s'éloigne et murmura :

— C'est ça, va cafter, quand je serai promue tu feras moins la maligne.

— Tu veux dire « si » tu es promue, corrigea Juliette, un peu gênée, en jetant le gobelet en plastique à la poubelle.

— Je serai promue, t'inquiète. À propos, en parlant de resto, tu n'as pas deux mois de retard dans tes notes de frais ?

Juliette leva les yeux au ciel sans répondre et Caroline éclata de rire.

— OK, je vois, tu veux un coup de main ?

Juliette était ennuyée, Caroline n'était visiblement pas au courant qu'elle ne serait pas promue, ou, plus exactement, qu'elle n'avait plus que cinq pour cent de chances d'être promue. Hervé lui avait dit qu'il avait beaucoup hésité, mais Juliette avait un an d'expérience de plus dans l'entreprise et des comptes clients plus compliqués à gérer, c'est donc elle qu'il avait choisie. Elle aurait voulu avoir le courage d'en parler franchement à son amie. Elle savait bien que Caroline, capable de réciter chaque composition des produits d'entretien du catalogue de CleanOffice par cœur, méritait cette promotion. C'était d'ailleurs ce que Juliette avait tenté d'expliquer la veille à Dark Vador, mais il l'avait mise à la porte de son bureau l'air excédé en lui disant que c'était à lui de décider qui serait promu et qui ne le serait pas.

L'open space était calme quand elles se rassirent à leur place. La netteté du bureau impeccablement rangé de Caroline contrastait avec le capharnaüm qui régnait sur celui de Juliette. Les tickets de caisse pour ses notes de frais s'amoncelaient dans un tiroir mal fermé, elle allait encore être à découvert le dix du mois. Elle considéra avec envie le dossier à jour de Caroline, qui y ajoutait systématiquement ses nouveaux tickets de carte bleue le jour de la dépense. Toutes les deux semaines, une alerte dans son calendrier lui rappelait qu'elle devait remplir ses formulaires de remboursement. Elle les descendait alors à la compta dans une pochette transparente, étiquetée à son nom.

Juliette avait essayé de copier ce système. Elle avait abandonné au bout de trois jours et repris sa méthode à elle, qui consistait à balancer au fond d'un tiroir dédié les tickets de carte bleue chiffonnés qui traînaient au fond de son sac, en général avec quelques papiers qui n'avaient rien à voir et des tickets de métro usagés. Elle les traitait tous les deux mois par paquets de cent en bataillant pour se rappeler à quoi ils correspondaient et quel client ils pouvaient bien concerner.

En soupirant, elle commença à faire le tri et à agrafer les tickets sur les formulaires.

Vivement qu'elle gagne au loto.

2.

CENT QUATRE-VINGT-DIX-HUIT EUROS

— Juliette Charpentier, dans mon bureau. Tout de suite.

Juliette bondit de sa chaise, surprise par le ton impératif d'Hervé. L'appelait-il pour la promotion ? Le niveau sonore de sa respiration passée en mode Dark Vador n'était pas bon signe et elle s'efforça de ne pas penser à son horoscope du jour.

La chance n'est pas au rendez-vous aujourd'hui.

Elle tenta un « Bonjour ! » guilleret en entrant dans le bureau d'Hervé, mais fut accueillie par le visage fermé de Christelle de la compta. Qu'est-ce que Christelle Crogue et son tailleur marron avaient à voir avec sa promotion ?

— Je pense que vous savez pourquoi vous avez été convoquée, Juliette ?

La voix d'Hervé était tellement froide que Juliette, prise de court, balbutia une réponse inintelligible. La question était de toute façon rhétorique et il l'interrompit d'un signe de main.

— Pas la peine de vous justifier, nous attendons les ressources humaines.

Puis il se mit à pianoter sur son clavier d'ordinateur et Juliette entreprit de se ronger l'ongle du pouce pour passer le temps. Se justifier de quoi ?

La chance n'est pas au rendez-vous aujourd'hui…

Rien de ce qu'elle avait pu faire depuis le début de la semaine n'expliquait sa présence dans ce bureau et l'attitude glaciale d'Hervé. Il ne l'aurait pas convoquée avec Christelle et les RH pour son retard de mardi. Après un soupir, elle entama la main gauche.

Le chèque d'Anita n'était toujours pas arrivé. Est-ce que Nicolas mettait l'argent de côté pour lui acheter une bague de fiançailles ? Il n'allait plus tarder maintenant, elle le sentait. Bien sûr il faudrait qu'il finisse sa thèse d'abord. Il deviendrait professeur de philosophie, il publierait des écrits sur Heidegger et la phénoménologie de l'étant et ils achèteraient une petite maison avec un jardin en banlieue, où ils vivraient avec leurs trois enfants, Éric, Jean et Marie et…

— Pouvez-vous m'expliquer la raison de ce sourire stupide, mademoiselle Charpentier ?

Le responsable des ressources humaines venait d'entrer dans le bureau d'Hervé, la porte se referma avec un claquement. Il avait l'air aussi peu aimable que les autres, tous les yeux étaient fixés sur Juliette avec désapprobation.

Elle sursauta, rougit et murmura un bonjour. Sans la regarder, le nouvel arrivant fit un signe à Christelle, qui lui tendit une feuille de papier. Juliette reconnut aussitôt un formulaire de note de frais sur lequel était agrafé un ticket de caisse.

— Alors, comme ça on fait de fausses notes de frais ?

Juliette examina la feuille qu'il lui tendait. Il y avait bien sa signature et un ticket de caisse Maje, pour l'achat d'une robe à cent quatre-vingt-dix-huit euros. Ce qu'elle ne comprenait pas, c'était par quel miracle ce ticket s'était retrouvé agrafé à un formulaire de remboursement.

— C'est bien votre ticket de carte bleue ? demanda Christelle en pointant le ticket du doigt.

— Oui, mais…

— Mais quoi ? interrompit Hervé. Vous n'êtes pas au courant de la situation économique ? On vous demande de faire attention sur les dépenses et vous pensez que vous pouvez faire passer vos soldes sur le dos de l'entreprise ?

— Techniquement ce n'était pas vraiment des soldes, c'est juste que la robe avait un défaut et…

— Vous vous foutez de nous en plus ? Hervé avait pris une inquiétante couleur violette et soufflait de plus en plus fort.

Juliette perdait pied, le formulaire sous ses yeux était rempli avec soin, le montant, le code du compte d'un de ses clients, sa signature et la date du lundi précédent. Elle se souvint de la pile de tickets de carte bleue froissés qu'elle avait dû traiter en catastrophe et elle commençait à comprendre. Elle déglutit, il fallait qu'elle se calme, c'était un malentendu.

— Je me suis trompée, le ticket devait être dans la pile, j'ai voulu aller vite…

— Cent-quatre-vingt-dix-huit euros ! l'interrompit Dark Vador en brandissant la feuille sous son nez, et après on me demande de réduire les dépenses du département, mais c'est à cause de ce type de comportement malhonnête qu'on m'accuse, moi, d'avoir un train de vie dispendieux !

Christelle, droite comme un *i* dans son tailleur couleur crotte hochait la tête avec vigueur.

— Je suis désolée, commença Juliette, c'est une erreur, je ne voulais pas…

Dark Vador retira ses lunettes, souffla de la buée sur les verres. Les mains tremblantes, il les essuya avec un mouchoir en papier et les reposa sur son nez. Puis il fit un signe de tête au responsable RH qui posa devant elle une feuille et un stylo et lui dit d'un ton terne :

— J'ai une bonne nouvelle.

Juliette, les larmes aux yeux, se demanda une microseconde si la promotion était encore d'actualité et il poursuivit :

— Nous acceptons votre démission immédiate et sans préavis et nous ne poursuivrons pas cette affaire plus loin.

3.

ÇA ARRIVE, CE ROYAL CHEESE ?

Ses doigts moites crispés sur le stylo Bic, Juliette jeta un regard affolé aux trois cerbères qui l'entouraient. C'était un cauchemar. Personne ne se faisait licencier pour une erreur de note de frais. Contrairement à certains de ses collègues, elle n'avait jamais fait rembourser ses dépenses personnelles par l'entreprise. Envahie par un immense sentiment d'injustice, elle prit une grande inspiration, reposa le stylo et éloigna la feuille.

— Non, c'est un malentendu, je suis désolée et ça ne se reproduira plus, mais je ne peux pas démissionner pour ça.

— L'entreprise ne tolère pas les voleurs, répondit Christelle en repoussant la feuille vers Juliette. Nous avons reçu des consignes très strictes, c'est tolérance zéro pour tout ce qui concerne ce type de fraude.

Les mots « voleur » et « fraude » lui firent l'effet de deux gifles et les larmes débordèrent.

— Mais vous ne comprenez pas, je me suis trompée, s'il vous plaît, je…

— Épargnez-nous une scène grotesque qui ne vous mènera nulle part, interrompit sèchement Hervé.

Dans le regard de Christelle, elle crut voir une lueur d'hésitation et quelque chose qui ressemblait à de la pitié, mais la lettre de démission, à nouveau devant elle, attendait sa signature.

— J'espère que vous êtes consciente des opportunités que votre malhonnêteté vous fait gâcher, continua Dark Vador, si Christelle, forte de son professionnalisme, n'était pas venue me voir ce matin avec ce document honteux, ce rendez-vous aurait eu pour objet votre promotion et non votre renvoi.

Il fallut trente-cinq minutes pour convaincre Juliette qu'elle n'arriverait pas à négocier un compromis. Elle refusait, pleurait, implorait, mais ils restèrent inflexibles. Hervé finit par empoigner le combiné de son téléphone et menaça d'appeler la sécurité. À l'idée d'être jetée dehors comme une criminelle, elle se décida enfin à signer. Ils ne la laissèrent même pas remonter à l'étage pour récupérer ses affaires. Le responsable RH alla chercher son manteau et rassembla dans un carton ses effets personnels. Elle se contenta de hocher la tête en pleurant pendant qu'il énumérait les différents éléments : trois photos d'elle et Nicolas qui trônaient à côté de l'ordinateur, un mug Mickey ébréché, sa crème au miel pour les mains, un mascara, un plan de Paris, une paire de chaussettes, deux brosses à cheveux, un tube de mousse coiffante, un objet en plastique non identifié qui avait dû être un peigne dans une autre vie, un Tampax, cinq boîtes de ChocoCookie chocolat au lait et trois boîtes de ChocoCookie chocolat noir. On lui fit remplir de la paperasse qu'elle ne lut pas, on lui parla de solde de tout compte et d'idioties administratives, mais elle n'écoutait pas. Elle ne put dire au revoir à personne et au fond c'était mieux. Elle n'aurait pas su quoi leur dire, elle avait honte.

Une fois dehors, sur le parvis morose de La Défense, elle s'assit sur un banc et se remit à pleurer comme une Madeleine. Le menton dans les mains, elle observait les passants en costume et tailleur sombre. Ils parlaient au téléphone, sortaient déjeuner ou descendaient au Starbucks prendre un café avant de retourner dans leur tour de verre, inconscients de leur bonne fortune. Hier elle ne les voyait pas, elle faisait partie du même clan, aujourd'hui elle aurait donné n'importe quoi pour être à leur place. Elle entama un paquet de ChocoCookie chocolat au lait.

« Si Christelle n'était pas venue me voir ce matin, ce rendez-vous aurait eu pour objet votre promotion et non votre renvoi. »

Salope.

Juliette mordit dans son biscuit en reniflant. Qu'est-ce qu'elle allait faire ? C'était une catastrophe. Elle ne pourrait plus payer le loyer, elle ne serait jamais réembauchée, tout le monde la prendrait pour une voleuse. Et Nicolas ? Ses larmes redoublèrent. Pauvre Nicolas, elle allait le décevoir une fois de plus, après toutes ces années passées ensemble, elle le laissait tomber…

Nicolas et Juliette s'étaient rencontrés à la fac. À l'époque, après avoir successivement essayé et abandonné diverses carrières dans la cuisine, le graphisme et l'Éducation nationale, elle s'était décidée pour des études de comptabilité. Elle étudiait donc des matières avec des noms atroces comme : « les immobilisations corporelles », « les flux de trésorerie » ou « constatation des éléments des états financiers ». Nicolas n'avait jamais eu que deux passions dans la vie, la philosophie et la philosophie. Il étudiait la définition du concept de la morale et de l'impératif catégorique chez Kant et sa mise en perspective avec l'analyse d'Aristote dans *Éthique à Nicomaque.* Ils n'étaient *a priori* pas voués à se rencontrer dans une salle de classe, mais par un heureux hasard du destin, ils parlaient tous les deux anglais comme des vaches espagnoles. C'est ainsi qu'ils s'étaient retrouvés un mercredi après-midi, côte à côte sur le banc d'un cours de rattrapage, à répéter consciencieusement des âneries du genre « *The city where I live is called Paris and it is very beautiful* ». Brian était *in the kitchen,* Nicolas était en retard. Il était arrivé et avait fait tomber l'intégralité de ses affaires en ouvrant son sac à dos. Juliette avait levé les yeux sur ce garçon pâle aux grands yeux romantiques qui remettait précipitamment dans son sac un sandwich thon-mayonnaise à moitié entamé et elle avait été frappée par la foudre. Une foudre genre littéraire, qui vous laisse la bouche ouverte comme après un uppercut dans le ventre, hébété pour les dix années à venir et prêt à souffrir le martyre, les lions, la croix et le poison plutôt que de rester un instant loin de l'élu. Il est vrai que l'élu n'avait pas tout de suite réalisé la beauté du moment. Après un bref sourire de remerciement à Juliette qui lui tendait un stylo, symbole d'une histoire qui s'annonçait torride, il avait mordu dans la deuxième moitié du sandwich au thon préparé par sa maman tout en répétant la bouche pleine « *This summer, I will travel to London and see the Queen of England* ».

Il avait fallu un an pour que Nicolas soit lui aussi frappé par la foudre ou, tout du moins, par une légère décharge d'électricité statique. Un an et une campagne acharnée de Juliette à grands coups de cafés bus à la cafétéria, de discussions de philosophie incompréhensibles auxquelles elle faisait semblant de s'intéresser, de coups de fil, de cinéma et de grandes déclarations par lettres, téléphone, fax, textos, e-mails... toutes les technologies et tous les moyens étaient bons pour séduire l'homme de sa vie. Elle l'avait voulu et elle l'avait eu, et plus de six ans après leur première rencontre, ils n'avaient jamais été aussi heureux.

Et maintenant, elle qui le protégeait, qui ne vivait que pour lui, voilà qu'elle l'abandonnait. À cause d'elle, il ne pourrait pas continuer sa thèse de philosophie. Il faudrait qu'il abandonne sa passion pour subvenir à leurs besoins et il deviendrait serveur chez McDonald's. Il passerait ses journées, transpirant sous une visière en plastique rouge, à plonger des frites dans des bacs d'huile bouillante ou à empiler dans le bon ordre des couches de fromage congelé sur des steaks de vache folle, pendant que son boss hurlerait derrière son dos : « Alors ça arrive ce Royal Cheese ? » Tout ce qu'ils auraient les moyens de manger, ce seraient les restes de Big Mac et de sundae caramel périmés qu'il rapporterait le soir pour nourrir sa famille.

Juliette, pour se préparer à l'idée de ce futur huileux, entama un deuxième paquet de ChocoCookie. Et comme il n'existe pas de chagrins qui résistent à beaucoup de beurre, de farine, de sucre, quarante-huit pour cent de chocolat au lait et quelques zestes de carbonate d'acide d'ammonium et de diphosphate disodique, quelques biscuits (et trois cent cinquante mille calories) plus tard, elle finit par se calmer un peu.

4.

LA MÉTHODE CHLOÉ

Son carton sous le bras et les paupières gonflées, Juliette décida de prendre le bus au lieu du métro et se planta à l'arrêt sous les regards indifférents des rares usagers. Nicolas serait chez eux, la tête dans ses livres, il la consolerait. Elle avait désespérément besoin qu'il la prenne dans ses bras. Il commençait à faire froid, l'automne et les feuilles tombaient sur les trottoirs ternes, Paris enfilait peu à peu ses couleurs d'hiver. Les journées sans pluie se faisaient aussi rares que les taxis après le dernier métro et le ciel prendrait bientôt une teinte blanc sale, couleur pollution du matin au soir.

Juliette adorait Paris. Elle avait été élevée à l'air de Bordeaux, incomparablement plus pur que celui de la capitale, affirmaient ses parents quand ils venaient la voir. Elle avait rêvé de Paris toute son enfance, mais ses parents ne l'y avaient jamais emmenée. Il faut dire que M. et Mme Charpentier ne voyaient pas l'intérêt de voyager quand on peut rester tranquille chez soi. À dix-huit ans, Juliette était partie étudier à la fac à Paris sur un coup de tête qui lui ressemblait peu. Depuis, ses parents vivaient dans la crainte de l'appel fatidique d'un commissaire de police qui leur annoncerait qu'il y avait un corps à la morgue et qu'il fallait qu'ils viennent identifier leur fille, torturée et dépecée par un psychopathe sur la ligne D du RER. Scénario néanmoins peu probable, puisque Juliette, en bonne fille de sa mère, ne prenait jamais le métro après vingt-deux heures trente et n'adressait pas la parole aux inconnus.

Le visage écrasé contre la vitre du bus, elle regardait les immeubles défiler. D'habitude, elle profitait de son trajet pour rêvasser au jour où Nicolas la demanderait en mariage, planifier son agenda, organiser des dîners ou décider du jour de la semaine où elle irait à son cours de Zumba, mais cette fois elle regardait les façades sans les voir, incapable de penser à autre chose qu'à son licenciement.

Elle descendit à Louise-Michel, pressée de rentrer. Ils habitaient à Levallois-Perret, le quartier idéal pour un jeune couple qui prévoyait d'avoir bientôt des enfants, avait affirmé la fille de l'agence en faisant un clin d'œil à Juliette. Comme n'importe quel couple de cet âge qui emménage, ils avaient rempli les pièces minuscules de Billy, Vilshult et Färgrik à dix-neuf euros quatre-vingt-dix-neuf et ils avaient maintenant l'impression de vivre figés dans le papier glacé d'un catalogue IKEA. Elle arrivait au bout de sa rue quand elle vit Nicolas sortir de leur immeuble. Elle voulut l'appeler, lui faire signe, mais au moment où elle s'apprêtait à crier son nom, elle laissa retomber sa main. Juste derrière lui sortait une fille blonde en jean déchiré qui riait aux éclats.

Une bouffée de jalousie monta aux joues de Juliette. Elle avait toujours eu du mal avec Chloé et c'était bien la dernière personne avec qui elle avait envie de parler de son licenciement. Nicolas l'avait rencontrée un an plus tôt à une conférence de philosophie, et, leurs sujets de thèse se rejoignant sur certains points, ils avaient décidé de travailler ensemble. Juliette n'aurait bien entendu rien trouvé à redire si Chloé avait eu une barbe, mesuré un mètre quatre-vingt-trois et pesé cent cinquante kilos. Mais Chloé avait un visage de poupée en porcelaine et le beau sourire perpétuellement heureux d'un ange sous Prozac. Elle avait vingt-cinq ans et en paraissait dix-huit, elle était mince, drôle et pouvait parler de Platon, Épicure et de tous les héros de Nicolas avec autant de chaleur que Juliette parlait du dernier épisode de *Game of Thrones.*

Nicolas et Chloé s'éloignèrent sans la voir, ils parlaient avec animation. Pendant un temps, Juliette avait pensé qu'elle finirait par devenir copine avec Chloé, ou tout du moins par la supporter. Finalement, c'était ce qui s'était passé avec Caroline, l'amie de Nicolas avant d'être celle de Juliette, alors pourquoi pas Chloé ?

D'ailleurs, même si ça lui paraissait absurde aujourd'hui, avant de la connaître Juliette avait détesté Caroline. Elle était terrifiée à l'idée d'affronter celle que Nicolas appelait « son meilleur pote » et qu'il connaissait depuis la maternelle. Elle habitait la maison voisine de la sienne et quand les parents de Caroline avaient divorcé, elle était venue habiter quelque temps chez lui. Il lui lisait Jules Verne à la lampe de poche sous les draps pour qu'elle arrête de pleurer. Quand en cinquième, quelqu'un avait griffonné sur la porte des toilettes « Caroline Arembert = gros camembert », Nicolas avait séché le cours de maths pour aller gratter les lettres une à une avec un couteau de cuisine qu'il avait piqué à la cantine jusqu'à ce que l'inscription soit illisible. Juliette, vingt-deux ans, sortait avec Nicolas depuis à peine un mois et avait écouté les récits de cette amitié enfantine avec un sourire poli derrière lequel bouillonnaient des envies de meurtre. Elle avait décidé d'accompagner Nicolas à chaque fois qu'il voyait sa meilleure amie, histoire de marquer son territoire. Puis elle avait vu les cheveux plats et ternes de Caroline, ses lunettes de travers, ses courbes trop floues mal dissimulées sous un sweat-shirt à capuche noir taille XL, et elle avait oublié son inquiétude. Caroline avait alors levé sur Juliette son sourire lumineux et lui avait dit :

— Salut Juliette, ça me fait vraiment plaisir de te rencontrer. Puis elle avait ajouté en rougissant, après un silence : Tu es encore plus jolie que ce qu'il m'avait dit.

Et Juliette, dévorée par la culpabilité, avait eu envie de se mettre des baffes.

Nicolas avait annulé la rencontre suivante à la dernière minute, parce que sa mère lui avait pris rendez-vous chez le dermato pour faire vérifier ses grains de beauté. Juliette et Caroline s'étaient retrouvées en tête à tête devant leur Coca Light, elles avaient été mal à l'aise les dix premières minutes, puis elles avaient passé trois heures à critiquer Anita, la mère de Nicolas. Elles s'étaient fait mal aux abdos à force de rigoler. Elles étaient devenues amies puis collègues quand, quelques années plus tard, Juliette avait fait passer le CV de Caroline à son supérieur pour l'aider à trouver du travail. Juliette était devenue la conseillère shopping de Caroline, Caroline faisait passer l'air de rien des messages à Nicolas quand il cherchait un cadeau pour Juliette et la couvrait quand elle arrivait en retard chez CleanOffice, n'hésitant pas à raconter à Dark Vador les pires mensonges avec le visage le plus innocent quand c'était nécessaire.

Mais Chloé, contrairement à Caroline, ne faisait pas le moindre effort pour se rapprocher de Juliette. Elle la considérait comme une sorte d'animal domestique appartenant à Nicolas et prenait un air méprisant à chaque fois que Juliette prenait la parole. En particulier quand Chloé posait des questions du type :

— Que penses-tu de Schopenhauer ?

Et que Juliette, pensant faire une bonne blague, répondait :

— À tes souhaits !

Juliette resta plantée sur le trottoir à les regarder s'éloigner, puis disparaître au coin de la rue. Elle avait peur de rentrer dans l'appartement vide et de se remettre à pleurer des seaux, toute seule au milieu du salon. Ses copines travailleraient encore quelques heures. Elle n'osait pas appeler sa mère, elle ferait une crise cardiaque. Juliette savait bien qu'il n'y avait qu'une chose qui pourrait la calmer un peu. Elle fit alors demi-tour et redescendit en courant la rue jusqu'au Monoprix. Il était à peine quinze heures et le magasin était vide. Une petite musique d'ambiance adoucissait l'atmosphère aseptisée. Juliette s'arrêta devant le rayon épices et fit glisser son doigt sur les pots en verre remplis de graines, de fruits secs et de poudres aux couleurs chaudes. Pour elle qui avait toujours refusé de monter dans un avion, le rayon épices de Monoprix constituait une aventure des plus hasardeuses. Elle entreprit de remplir son panier.

5.

LAPIN AU PAIN D'ÉPICES

De retour chez elle, elle déposa les sacs dans la cuisine. Elle s'attendait à trouver la table de la salle à manger couverte de feuilles griffonnées et de livres ouverts, comme c'était souvent le cas lorsque Nicolas et Chloé travaillaient ensemble, mais la table était impeccable, sans une trace de doigt sur le bois verni et dans l'appartement propre et rangé, on percevait même le ronflement régulier de la machine à laver. Juliette, surprise, trouva le lit fait avec des draps propres. C'était rare que Nicolas prenne l'initiative de changer les draps sans qu'elle le lui demande et un sourire attendri lui vint aux lèvres.

Après s'être lavé les mains, elle s'attela à la tâche. Dans le fond d'une cocotte, elle versa du sucre et de l'eau. Elle n'avait jamais brûlé un caramel de sa vie et elle n'avait d'ailleurs jamais compris comment on pouvait brûler du caramel. Il suffisait d'avoir un thermomètre, de mettre un peu de jus de citron et de ne pas partir regarder *Top Chef* en laissant le feu à fond. Quand le sucre devenu liquide prit une jolie couleur blonde, elle éteignit le gaz. Elle y jeta un soupçon de cannelle, de vanille et d'autres épices qu'elle ne connaissait pas, mais qu'elle voulait essayer. Elle se pencha sur la casserole, respira le fumet qui s'en dégageait avec un sourire satisfait. Elle y rajouta un ananas coupé en quatre puis laissa mijoter, elle pouvait passer à la suite.

La suite, c'était un lapin, du pain d'épices, des oignons, une poignée de pruneaux, du lard, un bouquet d'herbes diverses et quelques carottes. Rien de très compliqué. Juliette n'aimait pas suivre les recettes, elle aimait expérimenter, trouver des mariages de goûts inattendus. Quand elle mangeait, elle enregistrait les saveurs, notait les accords, inspirait les parfums et mémorisait quelque part une information telle que « le chocolat irait bien avec la côte de porc » et elle ressortait l'idée au moment propice. Elle goûtait, savait s'il manquait du sucré, du salé ou de la douceur et elle rajoutait l'ingrédient manquant. Neuf fois sur dix, ça marchait, les convives s'extasiaient, le contenu des plats s'évaporait dans les assiettes saucées jusqu'à la dernière goutte. Une fois sur dix c'était raté et les invités embarrassés avalaient poliment une mixture à la couleur louche et hochaient la tête en affirmant que c'était très original, mais qu'ils étaient au régime.

Elle cuisinait depuis qu'elle était petite, c'est sa grand-mère qui lui avait appris. Son père, Jean Charpentier, était propriétaire d'une agence immobilière qui avait fait faillite quand elle avait huit ans. Pendant plusieurs semaines, Juliette avait été persuadée qu'ils allaient finir à la rue et elle pleurait pendant de longues heures solitaires tous les soirs dans son lit. Ses parents, trop préoccupés par leurs soucis d'argent, n'avaient pas réalisé à quel point elle était bouleversée par la situation et la tension entre eux était telle qu'ils avaient préféré l'envoyer chez sa grand-mère pendant les mois de juillet et août.

Sa grand-mère riait toujours à gorge déployée, n'avait peur de rien, ne planifiait jamais rien, arrivait toujours en retard et repartait quand on ne s'y attendait pas. Elle prenait des décisions impulsives et déraisonnables, dont le simple objectif semblait être d'embêter ses enfants, raison pour laquelle on avait évité jusque-là de lui confier Juliette. Elle avait cinquante-huit ans quand son mari était mort d'un cancer. Elle était alors partie faire le tour du monde, soi-disant pour se consoler, tout en murmurant d'un air de conspirateur à qui voulait l'entendre qu'elle l'avait assassiné. Elle envoyait tous les six mois une carte postale incompréhensible et exaltée où elle arrivait à citer tous les monuments visités, tous les gens rencontrés, tous les aliments goûtés. Ses enfants avaient essayé pendant quelques années de la raisonner, de lui dire qu'elle vivait trop dangereusement, que ce n'était plus de son âge. Chaque tentative de conversation rationnelle provoquait cependant une décision absurde et irresponsable, comme faire un saut en parachute, partir en trek au Soudan, conduire une Maserati sur circuit ou vendre son appartement à Paris pour envoyer la moitié du bénéfice de la vente à l'Unicef et partir s'installer dans le Gers. Elle avait dilapidé ses économies avec une rapidité exemplaire, mais grâce à Internet, auquel elle s'était tout de suite mise et à la découverte du « couchsurfing », elle avait repris ses voyages dans la mesure de ce que sa retraite d'esthéticienne lui permettait et dormait chez des hippies locaux et charitables qui ouvraient leurs portes aux voyageurs connectés.

Ses parents avaient donc envoyé Juliette passer l'été dans le Gers pour qu'elle fasse connaissance avec Mamie Jacqueline, quand celle-ci était enfin rentrée de son tour du monde. Juliette avait été catapultée dans une maison en désordre, perdue dans la campagne. Elle avait dit « Bonjour, Mamie » et s'était pris une petite tape sur la tête : « Ne m'appelle jamais Mamie, mais Jackie » (comme Jackie Kennedy). Un jour, en mal d'activités susceptibles d'amuser une enfant de dix ans, Jackie décida de lui apprendre à faire la blanquette de veau. Elles se mirent à la cuisine et une fois qu'elles eurent commencé, elles ne quittèrent plus les fourneaux. En un mois et demi, elles exécutèrent plus d'une centaine de recettes. Elles invitaient les voisins à tous les repas, elles essayaient, modifiaient, rajoutaient du sucre roux dans les pâtes et de la menthe dans les fondants au chocolat, n'en faisaient qu'à leur tête, goûtaient, faisaient la grimace, recommençaient, goûtaient à nouveau, s'empiffraient quand c'était bon, jetaient quand c'était mauvais. C'était merveilleux.

Juliette était rentrée chez elle à regret. Quelque temps après, son père avait retrouvé un boulot et tout était rentré dans l'ordre à un détail près : Juliette avait une nouvelle passion, un amour tout neuf qui ne l'avait plus quittée pour tout ce qui se mange et se cuisine.

Au fur et à mesure qu'elle avançait dans la préparation du dîner, Juliette oubliait la pénible scène de la matinée. Elle se concentrait sur la couleur dorée de la chair du lapin, qu'elle faisait revenir avant d'y ajouter le laurier, les miettes de pain d'épices et les lardons. L'odeur envahissait la cuisine et elle sentait ses muscles se détendre.

Quand tout fut prêt, elle se mit à attendre Nicolas. Il était dix-neuf heures sept, tout le monde devait sortir du bureau et rentrer à la maison le cœur léger. Une bouffée d'angoisse la submergea. Au moment où elle sentit qu'elle allait craquer, son téléphone sonna.

— Juliette ! cria Caroline dans le combiné, je viens de croiser Sophie du contrôle de gé qui m'a dit avoir entendu par Bernard de la compta que Christelle racontait partout que tu t'étais fait virer. Qu'est-ce que c'est que ces idioties ? Je t'ai cherchée toute la journée !

Elle parlait fort pour couvrir le bruit de fond des couloirs du métro. Juliette lui raconta en détail la scène de la matinée. À la fin du récit, il y eut un blanc au bout du fil, comblé par la sonnerie stridente du métro dont les portes se refermaient derrière Caroline.

— Ce n'est pas possible, finit-elle par dire, il y a autre chose... on ne vire pas les gens pour une note de frais un peu abusive.

— Enfin c'était quand même cent quatre-vingt-dix-huit euros pour une robe Maje...

— Mais enfin, tu penses à quoi ? On ne met pas ses soldes en note de frais, comment tu voulais que ça passe ?

Juliette se récria que déjà, ce n'étaient pas des soldes et qu'ensuite, elle n'aurait jamais fait ça, mais le ticket devait être dans sa pile, elle avait dû l'agrafer et remplir le formulaire sans faire attention.

Caroline ne voulait pas y croire, c'était scandaleux, Juliette aurait dû courir aux Prud'hommes. Elles s'indignèrent ensemble pendant quelques minutes. Caroline dut raccrocher, une dame derrière elle s'était mise à hurler qu'on ne téléphonait pas dans le métro et qu'il fallait descendre pour laisser passer les gens qui sortent, conflit de base de tous les transports en commun parisiens, mais dont la résolution nécessitait toute la concentration de Caroline.

Juliette se sentit néanmoins un peu consolée par le coup de fil. Au moins, elle n'était pas toute seule.

La clé tournait justement dans la serrure et Nicolas apparut dans l'encadrement de la porte. Il renifla l'odeur, déposa un baiser sur la joue de Juliette. En voyant ses yeux clairs, ses cheveux en pagaille et son écharpe mise n'importe comment, Juliette sentit toute sa force l'abandonner et elle éclata en sanglots. Nicolas resta debout dans l'entrée, stupéfait par la succession d'événements qui venaient de lui tomber dessus et qu'il n'arrivait pas encore à interpréter. Un dîner aux chandelles et une odeur délicieuse venant de la cuisine, *a priori* annonciateurs d'une bonne nouvelle et Juliette en larmes qui bredouillait sur une histoire incompréhensible de robe, de Christelle, de Dark Vador et de tickets en désordre, le tout résultant en une catastrophe cataclysmique à laquelle il ne comprenait rien. Au bout de trois minutes de monologue, Juliette se tut enfin, il enleva lentement son blouson et son écharpe et demanda :

— Quand est-ce que tu as acheté une robe à cent quatre-vingt-dix-huit euros ?

Juliette se mordit les lèvres, ça lui revenait maintenant. Quand elle était revenue au bout d'une heure avec Caro et son sac Maje de ce qui était supposé être un aller-retour en cinq minutes pour aller chercher du sel au Monoprix, Nicolas lui avait demandé ce qu'elle avait acheté. Il était possible qu'elle ait profité de son ignorance totale du prix des choses et en particulier de son ignorance totale du prix d'une robe Maje pour atténuer l'étendue du désastre, voire mentir, mais un tout petit peu et par omission sur l'objet incriminé, en prétendant n'avoir dépensé que dix-huit euros. Minuscule omission du « cent-quatre-vingt » devant le « dix-huit », et déjà à moitié pardonnée puisqu'elle venait de l'avouer.

— Je me suis fait virer, dit-elle pour éviter le sujet.

Il avança dans le salon, s'assit sur le canapé, visiblement dépassé par les événements.

— Je croyais que tu allais avoir une promotion. Qu'est-ce que c'est que cette histoire ?

Elle lui expliqua à nouveau, plus calmement. Nicolas ne comprenait rien aux histoires d'entreprise, de notes de frais, de RTT, de hiérarchie, de promotions et d'administration. Ça ne l'intéressait pas. Il ne s'était jamais occupé de ce genre de choses et n'avait pas l'intention de s'en occuper un jour, car il avait plus important à faire et il lui semblait que réfléchir au vrai sens de la vie ou à la nature propre de l'humanité et à la notion d'âme ferait plus avancer le monde que de payer sa facture EDF. Si tant est qu'il sache ce qu'était une facture EDF.

— Mais tu vas toucher le chômage, tu vas retrouver autre chose ?

— Non, ils m'ont forcée à démissionner, je n'ai pas d'indemnités, pas de préavis, rien.

Il la dévisagea avec l'air d'un enfant à qui on a annoncé que Noël vient d'être supprimé par le gouvernement. Enfin, il sembla voir le visage désespéré de Juliette et il la prit dans ses bras, elle se laissa aller contre sa poitrine et nicha sa tête dans la chaleur de son cou. Il y eut un moment de silence. Nicolas reçut un texto, il sembla se réveiller, sortit son téléphone de sa poche pour le lire. Juliette eut l'impression qu'il tournait l'écran pour éviter qu'elle lise.

— C'est qui ?

— Rien d'important. On va faire comment, Juliette ?

— On se débrouillera, ne t'inquiète pas…

Elle avait l'impression qu'elle le laissait tomber. Quand elle travaillait, elle savait qu'elle travaillait pour deux, pour que lui puisse s'accomplir dans ce qu'il aimait, qu'ils puissent acheter un jour un appartement ensemble et pour qu'un jour, qu'elle espérait proche, ils puissent se marier et avoir des enfants. Elle avait tout gâché. Elle le prit par la main et le tira vers la table avec douceur.

— Viens, on va dîner.

Tout était délicieux, mais le cœur n'y était pas. Juliette fut presque soulagée quand le téléphone sonna. Comme tous les soirs au milieu du dîner, c'était Anita qui appelait son fils chéri. Elle voulait savoir tous les détails les plus insignifiants de sa vie, ce qu'il avait mangé à midi, est-ce qu'il était sorti, où ? pourquoi ? avec qui ? Juliette termina le dessert toute seule et débarrassa pendant que Nicolas parlait à sa mère avec une voix plaintive.

— Oui... perdu son boulot... non, une erreur de la compta... oui, oui, très injuste. Oui peut-être, ça nous donnera un coup de main... on te remboursera. Ne t'inquiète pas... ça va aller, ma thèse avance...

Un quart d'heure plus tard, il réapparut dans la cuisine, passa sa main dans ses cheveux en soupirant.

— Bon, je vais me coucher ma Juju, trop d'émotions, je suis crevé.

Il lui déposa un baiser rapide sur la joue et sortit. Juliette resta seule, son torchon humide à la main.

6.

THÉORIE DE L'AMOUR, PAR CHIARA CASTELLINI

Caroline revint vers la table un mojito dans chaque main. Avec son tailleur noir bien coupé, ses petits talons et ses nouvelles lunettes de vue dernier cri à monture épaisse, elle avait l'air d'une *executive woman* de Wall Street. Le pub Saint-Germain était calme pour un vendredi soir. La musique était douce et dans la demi-pénombre rouge on s'entendait encore à peu près. D'ici moins d'une heure, la foule affluerait et il faudrait hausser le ton pour couvrir les bruits des voix et des verres qui s'entrechoquent.

— Quelle semaine ! dit Caroline en posant les deux cocktails sur la table.

Juliette fit un geste vers son sac à main, mais Caroline l'arrêta.

— Non, non c'est pour moi, je peux bien te payer un verre.

Le geste émut Juliette. Elle avait l'impression de tout ressentir puissance dix depuis son licenciement. Elle ferma les yeux et inspira un grand coup, s'enfonça dans le fauteuil en cuir sombre et essaya, pour la première fois de la semaine, de profiter du moment présent et d'oublier l'angoisse des jours précédents. Il fallait qu'elle soit plus optimiste si elle voulait que la chance revienne ; elle leva son verre et Caroline fit de même.

— À ton prochain job.

— À mon prochain job ! répondit Juliette en se forçant à sourire.

Elle but une gorgée sucrée, la menthe était fraîche, elle poussa un petit soupir de satisfaction.

— Alors, quoi de neuf depuis que je suis partie ?

— Pas grand-chose. Tout le monde a été choqué par ton départ, la direction a fait passer une circulaire, à partir de maintenant, c'est tolérance zéro avec les notes de frais, ils ne feront plus de cadeau.

— Et la promotion alors ? Qui l'a eue en fin de compte ?

Caroline rougit et piqua du nez dans son verre.

— Moi… je suis désolée Juliette, je voulais te le dire, mais avec ce qui s'est passé je n'osais pas…

Le serveur arriva et demanda si elles voulaient commander.

— Pas tout de suite, on attend une troisième personne, dit Caroline, soulagée par l'interruption.

— Tu sais, ce n'est pas parce que j'ai des soucis que je ne suis pas capable d'être contente pour toi, répondit Juliette.

Caroline sourit et lui prit la main, elle avait les larmes aux yeux.

— Merci Juliette, ça me touche beaucoup que tu le prennes comme ça.

Juliette allait répondre, mais la porte s'ouvrit et le silence se fit. Un courant d'air chargé de Chanel N° 5 envahit la salle et Juliette se sentit immédiatement mieux.

La porte se referma derrière Chiara avec une lenteur respectueuse. La tête penchée comme sous le poids de ses longues boucles brunes, elle balaya la salle d'un œil vert clair, avec l'air de quelqu'un qui se demande comment diable on a osé l'inviter dans un endroit aussi beauf alors que le bar du Ritz était ouvert. Elle défit de sa main fine la ceinture de son manteau en cachemire et se dirigea vers Juliette et Caroline avec la démarche fauve d'un top model sur un podium de Milan, et ce malgré ses douze centimètres de talon. Elle s'assit à la table dans un mouvement harmonieux, lissa sa robe du plat de la main et secoua la tête. Ses boucles faussement sauvages retombèrent à leur place dans une perfection décoiffée digne des plus beaux jardins à l'anglaise.

— Alors, *cara mia*, il paraît que tu t'es enfin décidée à quitter ton job pourri ?

Ce fut le moment que choisit un jeune serveur plein de bonnes intentions et qui dévorait Chiara avec des yeux de merlan frit pour l'interrompre :

— Souhaitez-vous que je vous apporte aussi un mojito, madame ?

Chiara se retourna vers lui et l'examina des pieds à la tête.

— Un mojito ? Pourquoi pas une Guinness pendant que vous y êtes ? Une coupe de champagne, rosé, le plus cher, et si vous m'appelez madame encore une fois, je vous la renverse sur la tête.

Puis se retournant vers Juliette et Caroline :

— Non, mais est-ce que j'ai une tête à m'appeler madame ?

Quand Chiara parlait, on sentait la chaleur du soleil de Toscane dans la bruine parisienne. Malgré dix-sept ans passés en France, elle avait gardé un soupçon d'accent mélodieux, juste ce qu'il fallait pour envoûter les femmes et donner aux hommes une furieuse envie de lui faire sauvagement l'amour sur une table de cuisine.

— Ça va, Chiara ? demanda Caroline d'un air pincé.

— Ça va, Caroline, répondit Chiara sans la regarder en sortant un rouge à lèvres de son sac à main, je suppose que c'est toi qui as choisi cet endroit effroyablement ringard… Elle déposa sur ses lèvres une couche de couleur sombre. Elle ressemblait à Claudia Cardinale.

— C'est très sympa, s'offusqua Caroline, et…

— C'était une question rhétorique, chérie, l'interrompit-elle. Elle rangea le tube et se tourna vers Juliette : Raconte, alors, qu'est-ce qu'il s'est passé exactement ?

Juliette, pour la énième fois, raconta. Elle avait exposé les faits tellement de fois qu'ils sortaient de façon mécanique, distante, comme si c'était arrivé à quelqu'un d'autre. Chiara l'écouta sans l'interrompre pour conclure :

— Elle était comment cette robe ?

Juliette se leva avec un léger sourire et fit un tour sur elle-même pour laisser Chiara juger.

— Pas mal, pas mal, murmura Chiara en avalant une gorgée du champagne qu'on venait de déposer devant elle. Enfin, vu ce que ça te coûte en fin de compte, tu aurais pu t'acheter une Chanel.

Caroline leva les yeux au ciel et Juliette pouffa.

— Tu fais quoi maintenant ? poursuivit Chiara, tu cherches autre chose ? Tu vas faire comment sans salaire pour entretenir ton philosophe suicidaire ?

— Je postule, répondit Juliette en mordillant sa paille.

— Tu ne voudrais pas en profiter pour changer de carrière ? Faire quelque chose qui te plaît un peu plus que ce métier chiant à mourir ?

Caroline, agacée, s'interposa :

— Ce n'est pas du tout un métier chiant, bien au contraire c'est passionnant, bien plus utile en tout cas que de passer ses journées à faire de la publicité pour du maquillage.

— Ça va toi, le boulot, Caroline ? rétorqua Chiara avec un sourire mielleux. Tu n'en as pas marre de vendre du détergent toute la journée ?

— Je viens de changer, j'ai eu une promotion, je suis manager d'une équipe de trois personnes.

— Oh vraiment ? dit Chiara d'un air intéressé, tu as une promotion la semaine où Juliette se fait virer, quelle tragique coïncidence !

— Qu'est-ce que tu insinues ?

— Chiara... soupira Juliette.

— Rien du tout, je n'insinue rien du tout, tu n'as pas dû beaucoup défendre Juliette, c'est tout.

Caroline manqua de s'étrangler.

— Quoi ? Qu'est-ce que tu veux que je fasse ? Que je règle les problèmes comme toi ? En couchant avec tout le monde ?

— Arrêtez ! cria Juliette, c'est moi qui ai des problèmes, pas vous. Si vous continuez, je m'en vais.

Chiara et Caroline s'excusèrent et le serveur revint leur demander si elles avaient choisi, sans oser cette fois la moindre suggestion. Chiara demanda la volaille forestière, mais avec n'importe quoi à la place des tagliatelles parce qu'elle ne mangeait que des pâtes maison et qu'elle n'osait même pas imaginer le goût atroce de leurs pâtes, très probablement industrielles. Il hochait la tête à tout ce qu'elle disait avec un sourire adorateur. Pour Juliette ce serait la même chose, mais avec les tagliatelles, oui, même si elles n'étaient pas faites maison et malgré le regard scandalisé de Chiara et Caroline demanda une salade printanière sans croûtons et sans sauce, ce qui lui valut un regard admiratif de Juliette et agacé de Chiara.

Caroline avait passé dix années de sa vie avec vingt kilos en trop. Elle les avait supportés toute l'adolescence, planquée derrière les livres que Nicolas lui prêtait et sous des vêtements informes et ce, malgré les plaisanteries incessantes de ses camarades de classe. Puis, à l'âge de vingt-sept ans et sans crier gare, elle avait déclaré qu'elle allait prendre sa vie en main et qu'elle se mettait au régime. Elle avait tout simplement arrêté de manger et passait le plus clair de son temps libre au Club Med Gym de La Défense à courir sur un tapis jusqu'à l'évanouissement. Elle avait perdu dix-huit kilos, refait sa garde-robe et suivi des cours intensifs de maquillage et de relooking.

Alors qu'elle avait jusqu'ici toujours été la « bonne copine » à qui les hommes venaient raconter leurs malheurs sans jamais l'inviter à dîner, elle était devenue, à sa propre stupéfaction, une jeune femme courtisée, quoique gravement sous-alimentée.

Chiara n'aimait pas grand monde et la première fois qu'elle avait vu Caroline, elle avait déclaré qu'elle ne la sentait pas. Jamais, rien ni personne, n'avait pu la faire changer d'avis sur le sujet. Il faut dire que jamais rien ni personne, du pape à Al Capone en passant par Dieu le Père et malgré tout le respect qu'ils témoignaient à ces trois personnalités admirables, n'avait réussi à faire changer un Castellini d'avis sur quel que sujet que ce soit. Elle était même allée jusqu'à prétendre que Caroline était amoureuse de Nicolas. Elle fondait cette hypothèse sur sa certitude que toute amitié entre un homme et une femme relève de l'impossible, puisqu'il était évident selon elle (et Freud) que tout le monde avait envie de coucher avec tout le monde, exception faite des impuissants et des morts, qui voudraient avoir envie de coucher avec tout le monde, mais ne le peuvent pas. Elle-même constituait une preuve vivante de cette théorie, ne ratant jamais une occasion de finir une de ses multiples soirées VIP remplies de stars et de créateurs dans le lit d'un macho ténébreux, de préférence marié, étranger, amnésique ou les trois, de manière à être bien sûre qu'il ne la rappellerait jamais. Elle pouvait se glisser au petit matin hors d'une chambre de palace après avoir prétendu s'appeler Simone de Beauregard en laissant un numéro de téléphone au Cameroun ou une adresse poste restante à Ushuaïa.

Elle éliminait ainsi tout risque d'être recontactée par un amoureux transi qui déclarait subitement ne pas pouvoir vivre sans elle, alors même qu'il avait parfaitement survécu aux quelques décennies qui avaient précédé leur rencontre, ce qui arrivait, malencontreusement, à chaque fois qu'elle laissait à sa conquête de la soirée l'opportunité de communiquer avec elle d'une manière ou d'une autre.

Chiara était directrice marketing Europe de la ligne de maquillage de Dior. Elle passait la moitié de son temps en classe affaires dans des avions pour New York, Londres, L.A. ou Milan, elle rencontrait toujours des hommes sublimes et richissimes qui l'emmenaient à l'opéra, lui offraient des bijoux Cartier et la demandaient en mariage à Bora Bora, étape à laquelle après avoir annoncé qu'elle allait bientôt mourir d'une maladie orpheline incurable et sexuellement transmissible, elle larguait à tout jamais le type et les amarres.

Le serveur apporta les assiettes et elles continuèrent à discuter de l'avenir de Juliette. Chiara lui recommandait de prendre le temps de retrouver un travail qui lui plairait, Caroline d'accepter n'importe quelle offre au plus vite pour pouvoir payer son loyer. Elles faillirent se disputer à nouveau. Plus tard, on vint remplacer leurs assiettes vides par la carte des desserts.

— Et Nicolas ? demanda Chiara. Pour une fois, il ne pourrait pas se bouger ?

— Il travaille sur sa thèse, répondit Juliette. Au point où on en est caloriquement et financièrement, autant prendre un dessert, non ?

— J'ai connu des gens qui faisaient des études et qui travaillaient en parallèle, à commencer par moi, dit Chiara en haussant les épaules, et non, pas de dessert pour moi.

— Pas de dessert pour moi non plus, dit Caroline, c'est long et difficile une thèse, Chiara, ça justifie certains sacrifices.

— Oui, il a besoin de toute sa concentration et je veux mettre toutes les chances de son côté, dit Juliette en refermant le menu.

Elle avait envie d'un fondant au chocolat, mais elle avait déjà trop mangé, sans parler des derniers jours, qu'elle avait passés affalée sur son canapé à ingurgiter des ChocoCookie en prétendant chercher du travail alors qu'elle regardait la télé.

— À part ça, la cohabitation se passe bien ? demanda Caroline.

— Il va toute la journée à la bibliothèque avec Chloé, dit Juliette, maussade, donc mon chômage ne change pas grand-chose à nos habitudes.

— Encore Chloé ? Chiara leva un sourcil inquisiteur.

— C'est bon, Chiara, marmonna Juliette, tu vois le mal partout.

— Chiara a raison, il ne devrait pas passer autant de temps avec elle, rétorqua Caroline.

Juliette leva la tête, stupéfaite ; Caroline n'aimait pas Chloé, mais Juliette ne l'avait jamais entendu dire du mal de Nicolas.

— Tu ne devrais pas être aussi tolérante Juliette, dit Chiara. Tu lui as tout donné, tu l'entretiens depuis des années, s'il part avec une autre, tu auras tout gagné. Parfois il faut les faire souffrir un peu, ça leur fait du bien.

— Ça ne marche pas comme ça entre nous, on se fait confiance, on va se marier et fonder une famille.

Elle faillit rajouter « Évidemment, vous ne pouvez pas comprendre » : Chiara collectionnait les aventures torrides de moins d'un mois avec des inconnus musclés et Caroline, depuis qu'elle était mince, attendait le prince charmant dans l'abstinence la plus totale. Mais elle se tut. Il y eut un silence puis Caroline, un peu hésitante, reprit :

— Tu n'es pas sûre de l'épouser tant qu'il ne te l'a pas demandé. Parfois les gens changent, il pourrait rencontrer quelqu'un d'autre, ça arrive, tu sais.

Chiara lui jeta un regard intéressé qui semblait dire « Tiens, tu auras quand même réussi à sortir une chose sensée sur trois heures de conversation ».

— OK, fin de cette discussion, déclara Juliette d'un ton sec en levant la main pour demander l'addition.

Elles n'y comprenaient rien, ni à lui ni à leur relation. Elle chassa Chloé de son esprit. De toute façon, Nicolas n'avait jamais aimé les blondes. Elle allait lui en parler dès ce soir, il réglerait cette histoire sans queue ni tête.

Le serveur apporta l'addition ; c'est le moment que choisit Caroline pour aller aux toilettes.

— En tout cas, si tu as besoin d'argent, je te le prête, dit Chiara. À toi, pas à Aristote.

— Merci, pour le moment ça va... dit Juliette avec un sourire reconnaissant.

Chiara leva sa carte Gold pour que le serveur revienne avec la machine.

— C'est pour moi, mettez tout, dit-elle en la posant sur la note.

Quand Juliette arriva en bas de chez elle, il était à peine vingt-trois heures. D'en bas, elle aperçut la fenêtre du salon éclairée. Elle avait bien fait de rentrer plus tôt que prévu. Elle allait parler à Nicolas, lui dire qu'elle avait besoin de lui, de son soutien. Il comprendrait, il la prendrait dans ses bras et la consolerait. Elle monta les escaliers et glissa la clé dans la serrure, du geste mécanique qu'elle avait fait des milliers de fois sans jamais y penser. C'était chez eux, leur foyer, familier et accueillant. Elle ouvrit la porte, prête à se jeter dans ses bras et il se tenait là, debout dans l'entrée, prêt à l'accueillir, semblait-il. Emportée dans son élan, elle se cogna la jambe contre quelque chose de dur qui traînait au milieu du passage. Quelque chose d'encombrant. Son tibia lui faisait mal, elle aurait sûrement un bleu. Elle baissa les yeux sans comprendre.

Devant elle, il y avait deux valises. Deux grosses valises fermées, bien alignées à côté de la porte. C'est là qu'elle comprit que quelque chose clochait, parce qu'en six ans de relation, il n'était jamais arrivé à Nicolas de prendre une initiative aussi engageante, pénible et compliquée que celle de faire lui-même sa valise.

7.

DÉMONSTRATION DE LA THÉORIE DU CHAOS, PAR NICOLAS DOLGIS

Juliette s'était arrêtée tout net, coupée dans son élan par la douleur diffuse dans son tibia. Il restait là, planté dans l'entrée avec son manteau et son écharpe. Lentement, elle referma la porte.

— Tu pars ?

Il passa une main tremblante dans ses cheveux.

— Oui.

— Mais tu vas où ? Tu reviens quand ?

Le timbre de sa voix était presque tranquille, on pouvait à peine y déceler le frémissement léger de la brise qui se lève sur l'eau dormante avant la tempête. Ils se regardaient bêtement, elle, qui évitait de comprendre, lui qui craignait d'expliquer. Il avala sa salive et finit par murmurer si bas qu'elle l'entendit à peine.

— Je suis désolé, je m'en vais Juliette, je ne reviens pas.

— Quoi ?

C'était sorti un tout petit peu trop aigu, pas épouvanté ou désespéré, mais une note d'inquiétude infime résonnait derrière le mur d'incrédulité qui la protégeait encore. D'un geste machinal, elle déroula son écharpe et l'accrocha au portemanteau.

— C'est fini, Juliette, c'est tout, je suis désolé…

Comme pour illustrer ses propos, il se dirigea vers une des valises et l'empoigna d'un geste qu'il voulait décidé, puis il s'approcha de la porte, mais elle lui barra le passage. Maintenant, sa voix tremblait.

— C'est ridicule Nicolas, on va parler, tu ne peux pas partir comme ça.

— Je ne veux pas te faire du mal, murmura-t-il.

Il voulait fuir. Peut-être même avait-il voulu partir avant qu'elle ne rentre, éviter cette scène, déserter le conflit avant l'explosion. Il avait peur, elle le voyait. Et c'est cette lueur lâche dans son regard fuyant qui agit comme un déclic. Elle entendit quelque chose se casser en elle, comme si les morceaux tranchants d'un miroir brisé remplissaient son estomac. Et soudain, elle avait la tête aussi vide qu'un appartement en vente et une terrible envie de vomir.

— Non. Elle lui attrapa le bras. Tu ne peux pas partir.

Il se dégagea doucement, l'air attristé.

— Ne complique pas les choses, Juliette, c'est suffisamment difficile comme ça.

— Difficile ? Je rentre à la maison, tu es prêt à partir comme un voleur, sans même un mot d'excuse et c'est pour toi que c'est difficile ? C'est moi qui complique les choses ?!

— Juliette, calme-toi. Je suis vraiment désolé, mais je pense que notre histoire est terminée.

Elle sentait qu'il avait préparé ces phrases neutres et sans appel, qu'ils les avaient répétées pour éviter les contre-arguments stériles, mais elle ne le laisserait pas partir, pas comme ça.

— Tu as couché avec cette pétasse, c'est ça ? Chloé ?

— Chloé n'a rien à voir là-dedans et ne l'insulte pas, ce n'est pas rationnel Juliette, tu…

— Tu as couché avec elle ! Et tu ne veux pas me le dire !

Il l'attrapa par les poignets, la regarda droit dans les yeux et il lui dit d'une voix ferme :

— Calme-toi Juliette, que j'aie couché avec quelqu'un ou pas n'y changerait rien, j'ai pris ma décision.

Entendre ça, c'était comme recevoir un coup de parpaing dans le ventre. Quand elle releva la tête sa voix tremblait, mais la colère l'avait quittée.

— Nicolas, qu'est-ce qui se passe ? Explique-moi, tu ne peux pas me quitter comme ça.

Elle se mit à pleurer et il se radoucit :

— Ça fait plusieurs mois que notre relation a changé et si tu étais moins obsédée par tes idées de mariage et d'enfants, tu t'en serais rendu compte.

Il lui disait que c'était de sa faute. Il partait parce qu'elle le harcelait avec des histoires de mariage et d'enfants alors qu'il n'était pas prêt. Des mois que ses sentiments avaient changé ? Il lui avait laissé une chance et elle ne l'avait pas saisie, elle n'avait rien vu du haut de son nuage de midinette, elle ne l'avait pas senti s'éloigner ou peut-être qu'elle avait refusé de voir l'évidence. Il partait parce qu'elle était idiote et c'était bien fait pour elle. Elle se prit la tête dans les mains.

Il fit un pas en avant et eut un mouvement vers elle, comme s'il voulait la prendre dans ses bras pour la consoler, puis il se reprit et laissa retomber sa main le long de son corps.

— Je suis désolé…

Il empoigna à nouveau ses valises et se dirigea vers la porte. Pendant un instant fugitif, elle crut qu'il avait les larmes aux yeux. Elle essaya de s'accrocher à son bras, lui balbutia d'attendre, elle avait tellement de questions, elle avait encore besoin de comprendre. Mais il se dégagea avec douceur et sortit. Elle le suivit sur le palier, courbée comme une vieille femme sous le poids de la nouvelle ; elle se fichait d'être ridicule aux yeux des voisins, il fallait juste qu'il reste. Elle cria, penchée sur la balustrade.

— Nicolas, attends !

Mais il continua sans se retourner. La porte d'en bas claqua et elle resta toute seule. Assise par terre sur le palier, elle écouta le silence de la cage d'escalier, attendant qu'il revienne pour recommencer à respirer. Elle se traîna jusqu'à l'appartement, referma la porte et s'assit à même le sol de l'entrée.

Elle resta prostrée pendant longtemps, plusieurs heures peut-être, à se repasser la scène en boucle et à essayer de comprendre ce qui était arrivé, puis au milieu de ses sanglots, elle entendit le bruit de la sonnette.

Elle se jeta sur le verrou les mains fébriles, ça devait être lui, il revenait, mais dans l'encadrement de la porte, se tenait Chiara, l'air aussi désolé qu'elle, sans maquillage et en nuisette sous son imperméable Burberry. Juliette se jeta dans ses bras et se remit à pleurer.

Chiara lui caressait doucement les cheveux.

— *Cara mia*, ne pleure pas, ça va aller, ça va aller.

— Comment tu as su ? demanda Juliette entre deux sanglots.

— Il a appelé Caroline, il lui a dit que tu ne devais pas être bien et elle m'a appelée pour que je passe te voir.

Elle lui tendit un mouchoir. Juliette n'écoutait plus, Nicolas avait appelé Caroline, il n'était donc pas indifférent, il se faisait encore du souci pour elle.

— Ce n'est pas possible, Chiara, il va revenir… Tu penses qu'il va revenir ?

Chiara soupira et la prit par la main pour la faire asseoir sur le canapé.

— Je ne suis pas sûre ma belle, tu sais, je n'ai jamais été sûre que vous soyez faits l'un pour l'autre de toute façon.

Juliette se remit à pleurer, plus doucement cette fois, la tête penchée en avant, comme une petite fille.

— Mais je ne peux pas vivre sans lui, j'ai toujours été avec lui…

Chiara la serra contre elle.

— Je sais, je sais, c'est très dur mais ça arrive *bella*, c'est la vie.

Juliette pleura encore un bon moment sur l'épaule de Chiara pendant que celle-ci lui caressait les cheveux et murmurait des mots en italien que Juliette ne comprenait pas. Puis Chiara l'aida à se mettre en pyjama, la coucha et la borda. Elle resta jusqu'à ce qu'elle s'endorme, sa main dans la sienne. Pour une fois elle n'était ni cynique ni exubérante, simplement là, douce, presque maternelle.

Juliette finit par s'endormir sur l'oreiller mouillé, les yeux gonflés et la tête aussi douloureuse qu'un ballon de foot après un match, bercée par l'espoir de ne jamais se réveiller.

8.

LA DIX-SEPTIÈME RUPTURE DE DAN ET SERENA

Le lendemain matin, pendant une bonne seconde, Juliette crut qu'elle avait fait un cauchemar. Mais la réalité reprit vite le dessus, la place à côté d'elle était vide et la scène de la veille lui revint en mémoire, accompagnée d'une horrible migraine. Impossible de se rendormir, impossible de se lever. Elle resta un long moment engourdie, la couette remontée jusqu'au menton, les yeux mornes fixés au plafond. Elle ressassait chaque parole de Nicolas, les analysait, les tordait dans tous les sens pour essayer d'y trouver une signification différente. Elle cherchait la faille, l'indice caché qui lui apprendrait que tout n'était pas perdu. Dans ses rares accès de bonne foi, elle admettait qu'elle aurait dû voir quelques signes avant-coureurs. Nicolas avait changé ces derniers temps, il avait l'air de s'ennuyer, un rien l'agaçait. Il faut dire qu'elle n'avait pas grand-chose d'intéressant à raconter, elle ne comprenait rien à sa philosophie et son travail de commerciale était loin d'être passionnant pour un intellectuel comme lui. Toute trace de rancune l'avait quittée, il ne lui restait qu'une chape de désespoir qui la clouait à son matelas. Elle n'arriverait plus jamais à se lever, elle allait rester couchée dans ce lit et pleurer toutes les larmes de son corps jusqu'à ce qu'elle meure de déshydratation.

Une demi-heure plus tard, elle réalisa que malgré tout, elle avait faim. Elle se traîna jusqu'à la cuisine et, situation de crise oblige, sortit le pot de Nutella du placard. Elle n'achetait du Nutella que pour Nicolas et s'interdisait d'ordinaire d'y toucher, mais puisqu'il était parti, elle n'avait plus de raison ni de lui garder la fin du pot, ni de lutter contre l'obésité et elle engouffra six tartines recouvertes de trois centimètres de pâte brune trempées dans son café.

Une fois son petit déjeuner terminé, elle s'assit sur le canapé du salon et attendit. Le silence la remplissait d'angoisse. Cet appartement, qu'elle avait tant aimé, elle ne le supportait plus et de toute façon, elle n'avait plus les moyens d'en payer le loyer. Après un long moment d'abattement, elle trouva l'énergie de téléphoner à son propriétaire pour lui annoncer qu'elle déménagerait à la fin du mois. Elle lui expliqua la situation qui était que 1) Elle avait été licenciée de manière injuste et inattendue, 2) Elle s'était fait plaquer de manière injuste et inattendue et 3) Elle se retrouvait seule et ruinée de manière injuste et inattendue. Son propriétaire, comme n'importe quel propriétaire parisien qui se respecte, s'en contrefichait. Il s'inquiéta juste de savoir jusqu'à quand son loyer serait payé et exigea qu'elle respecte le préavis d'un mois.

Elle voulut ensuite appeler Chiara, mais celle-ci venait de partir à Berlin. Elle appela alors Caroline, qui décrocha en chuchotant dans le combiné :

— Attends, je sors de l'open space, ça va Juliette ?

— Non…

Juliette avait envie de pleurer, mais elle se dit que ce n'était pas le moment. Caroline, qui travaillait, avait très probablement autre chose à faire que de l'écouter sangloter comme un veau au bout du téléphone.

— Je l'ai eu hier au téléphone, je suis désolée, Juliette.

— Il t'en avait parlé ?

Caroline hésita à l'autre bout du fil.

— Disons que j'avais compris que ça n'allait pas très bien entre vous.

Il y eut un silence, Juliette encaissa. Tout le monde était au courant sauf elle. Elle était soit aveugle soit stupide, soit très probablement les deux. Elle poussa un gros soupir.

— Tu penses que je devrais le rappeler ? Je vais peut-être rappeler… Il t'a dit quoi exactement ? C'est peut-être juste une passade, non ?

— Laisse passer quelques jours, mais franchement, j'ai l'impression qu'il a bien réfléchi.

— Je ne peux pas vivre sans lui, je vais l'appeler, dit Juliette, j'ai besoin de lui parler, si je ne lui parle pas, je vais…

— OK, coupa Caroline, je suis vraiment désolée, mais j'ai un truc à finir avant le déjeuner et Dark Vador va me tomber dessus s'il me trouve au téléphone.

— Non, mais il t'a dit quelque chose ? Il est avec Chloé, c'est ça ?

— Je dois vraiment y aller là Juliette, je ne pense pas qu'il soit avec Chloé, il ne m'a pas dit ça en tout cas, je te le promets.

— OK, OK, je te laisse.

— Je te rappelle plus tard, bisous ma poulette et courage, dit Caroline.

Au bout d'une bonne heure de reniflements, Juliette décida qu'il fallait qu'elle se reprenne en main et qu'elle cherche du travail. Elle n'allait pas se laisser abattre. Après avoir dépensé une énergie folle pour prendre cette décision rationnelle, elle se dit qu'elle avait toutefois mérité de se détendre un peu et elle alla chercher sa couette et la saison quatre de *Gossip Girl*. Elle plongea dans la vie de gamines de dix-sept ans multimillionnaires, qui changeaient en un mois plus souvent d'amants, de robes et de paires de chaussures que Juliette en une vie entière. Six heures et quatre paquets de ChocoCookie plus tard, au moment tragique ou Dan et Serena comprennent que l'argent les séparera toujours (une de ses paires de chaussures coûte deux fois le prix de son loyer, ils n'ont pas les mêmes valeurs), ils rompent pour la dix-septième fois et Juliette se remit à pleurer face à tant d'injustice.

Ses larmes furent une fois de plus interrompues par la sonnerie du téléphone et elle se rua dessus, espérant que ce serait Nicolas.

— *Cara mia*, comment ça va ?

— Ah, Chiara, dit Juliette, lugubre.

— On se sent accueilli, ça fait plaisir. On dirait que tu es en phase terminale d'un cancer du cerveau.

— Non, non ne t'inquiète pas, c'est gentil d'appeler.

— Comment tu te sens ?

— Bof...

— Qu'est-ce que tu fais, là ? Tu cherches du boulot ?

— Oui, oui, marmonna Juliette en appuyant sur « pause ».

— Tu me prends pour une demeurée ? Tu crois que je n'ai pas entendu la télévision derrière toi ? C'est pas en regardant des ados anorexiques se taper tout New York en Armani que tu vas avancer dans la vie, d'ailleurs...

— Chiara ? interrompit Juliette.

— Oui ?

— Je peux venir loger chez toi à partir du mois prochain ? Juste le temps que je retrouve du travail ? Je paierai les charges bien sûr.

— Bien sûr que tu peux, mais à deux conditions...

Chiara devait être dans un aéroport, car on entendait une voix féminine résonner dans un haut-parleur derrière elle.

— Lesquelles ? demanda Juliette en enfournant un ChocoCookie dans sa bouche.

— Que tu arrêtes de dire des idioties sur les charges à payer parce que je n'accepterai pas un sou de la chômeuse en faillite que tu es.

Juliette émit un reniflement ému et Chiara continua :

— Et que tu arrêtes d'engloutir dix ChocoCookie par minute ! C'est mauvais pour ta santé et ton image. Maintenant je dois y aller, j'ai un avion à prendre, passe chez *Mama* quand tu veux, elle te donnera les clés, je t'embrasse.

Un peu consolée, Juliette hésita à se mettre à chercher vraiment du travail, mais Nicolas allait sûrement appeler bientôt et si elle commençait ses recherches, il la déconcentrerait en plein milieu. Mieux valait donc attendre encore un peu. Arrivée à cette conclusion, elle remit le lecteur DVD en route et rouvrit un paquet de ChocoCookie.

9.

THÉORIE DE LA CHARCUTERIE, PAR VITTORIA CASTELLINI

La clochette tinta quand Juliette rentra dans le magasin. Les yeux perdus dans le vide, en contemplation devant les façades élégantes de la petite rue de l'île Saint-Louis qui se dessinaient derrière la vitrine, elle attendait que les clients arrivés avant elle soient servis. Juliette adorait Paris. Elle ne comprenait pas qu'on puisse rêver de New York ou de Tokyo alors qu'il est impossible de trouver plus beau que le toit en verre du Grand Palais au coucher du soleil, le musée d'Orsay à son lever, les quais qui se reflètent dans l'eau de la Seine, ou les deux tours majestueuses de Notre-Dame qui émergent des toits luisants les jours de pluie.

Cinq jours s'étaient écoulés depuis la rupture. Juliette crevait de faim, elle avait épuisé son stock de ChocoCookie et n'avait pas trouvé le courage de descendre faire les courses depuis. À la place, elle s'était apitoyée sur son sort, avait tenté de remplir de larmes le tonneau des Danaïdes, avait appelé au moins quatorze fois Nicolas et avait passé en moyenne quatre heures par jour en cyberfilature, à analyser l'absence d'activité plus que louche de son mur Facebook. Elle lui avait laissé des messages d'amour, d'insultes, de supplications, de chantage et de menaces. Il avait fini par lui envoyer un texto, pour lui dire qu'il préférait ne pas parler pour le moment. Elle lui avait renvoyé dix-sept textos pour lui répondre qu'elle comprenait et qu'elle ne voulait pas être envahissante, mais qu'elle était là le jour où il voudrait parler. Il n'avait plus répondu.

Elle commençait à intégrer la réalité de son célibat quand son propriétaire l'avait rappelée pour lui dire qu'il avait trouvé un nouveau locataire et qu'il serait préférable que Juliette libère l'appartement dès la semaine suivante. C'était rapide, mais ce n'était pas plus mal puisqu'elle n'avait plus un rond. Juliette s'était donc plongée dans les préparatifs de son déménagement et elle venait chercher les clés dans la petite boutique de la mère de Chiara, au cœur de l'île Saint-Louis. Le magasin ne faisait pas plus de vingt mètres carrés, et l'arrière-boutique à peine dix de plus. Dans la vitrine à l'ancienne encadrée de boiseries, les jambons s'accumulaient à côté des morceaux de parmesan et Juliette sentit comme un creux douloureux dans son estomac. Elle pensa avec soulagement que quelques minutes plus tard, Vittoria, la mère de Chiara, la nourrirait comme une oie qu'on envoie à l'abattage.

Chiara parlait fort et beaucoup, mais peu d'elle, de sa famille ou de son enfance. Tout ce que Juliette savait de son passé, c'est ce que Vittoria lui avait raconté sur sa fille et ce qu'elle avait pu reconstituer des bribes d'histoires que Chiara évoquait de temps à autre. Elle était née à Rome, ses parents tenaient un magasin d'appareils électroménagers. Elle avait passé des années à jouer à cache-cache dans les rayons d'aspirateurs et à s'enfermer dans les frigos de démonstration avec son père. Tout allait bien jusqu'au jour où leur père, fatigué de jouer à cache-cache et de vendre des fers à repasser, s'était enfui avec la caisse, embarquant au passage la nouvelle caissière, une fille vulgaire, qui possédait néanmoins les avantages non négligeables d'avoir moins de trente ans et des seins comme des panettones. Pendant un mois, Vittoria ne s'était pas levée. Elle restait couchée toute la journée, le regard morne, en état de choc. Chiara, les yeux secs, faisait le ménage, emmenait son petit frère à l'école, lui préparait le dîner le soir, puis l'envoyait se coucher après avoir vérifié qu'il s'était bien lavé les dents et avait fait ses devoirs. Toutes les nuits avant de s'endormir, elle priait et elle murmurait, les yeux désespérément fixés sur l'enduit plus très blanc du faux plafond : « Faites qu'il revienne, faites qu'il revienne, faites qu'il revienne. » Le plafond n'avait rien voulu entendre et son père n'était pas revenu. Depuis le jour où elle avait accroché un panneau « Fermé pour cause de décès » sur la porte du magasin, elle avait considéré son père et son enfance comme morts et enterrés et n'avait plus jamais regardé en arrière.

Un mois après, alors qu'on ne s'y attendait plus, sa mère s'était relevée. Pâle et fatiguée comme une convalescente qui sort d'une longue maladie, Vittoria avait remplacé le panneau « Fermé » par de larges banderoles rouges qui hurlaient « Liquidazione » et elle avait tout vendu. Les aspirateurs, les mixeurs, les épilateurs, les frigos et le reste. Puis, comme prise d'une fièvre incontrôlable, elle avait enchaîné avec leurs meubles, la vaisselle, les draps, les serviettes, le magasin et enfin l'appartement. Après la tornade, seules avaient été épargnées quelques valises qui contenaient leurs vêtements et ils étaient partis à Paris sans laisser d'adresse.

Avec l'argent de ses ventes compulsives, Vittoria avait acheté la boutique de l'île Saint-Louis sur un coup de tête et s'était mise à y vendre du jambon, du parmesan, de la bresaola, de la coppa, du culatello di Zibello et des tiramisus par quintaux. Elle importait à bas prix tous les produits directement d'Italie et les revendait sans vergogne quatre ou cinq fois plus cher. Sur les murs du petit magasin, entre les étagères couvertes de bouteilles de chianti, elle avait accroché quelques photos encadrées de nostalgie, des paysages de Toscane, de Florence et de Venise et une photo en noir et blanc un peu floue, soi-disant prise à un mariage de famille, mais qui n'était en réalité qu'une reproduction d'une image du *Parrain* trouvée sur Internet et agrandie. Belle comme une madone, accueillante et souriante, avec son accent italien entretenu avec soin qui semblait empirer un peu plus chaque année passée en France et son huile d'olive bio à vingt-quatre euros la bouteille, elle avait fait un tabac chez les bobos parisiens.

Le dernier client de Vittoria sortit ravi avec les deux tranches de jambon à onze euros qu'il était venu acheter et en supplément cinq paquets de gressins (en *promozione*), cinq cents grammes de bresaola (*delizioso* avec les gressins) et un stylo (cadeau de la maison parce qu'il était tellement *seducente* qu'il la faisait se sentir toute *commossa*), le tout pour la modique somme de trente-neuf euros quatre-vingt-quinze (même pas quarante euros, vous vous rendez compte ?). Aussitôt la porte refermée, Vittoria se jeta bras ouverts sur Juliette :

— Julieta, *amore mio*, Chiara m'a tout raconté, c'est *oun scandalo*, ton travail et ton amoureux, quelle *tristezza*.

Elle la prit dans ses bras et l'écrasa contre sa poitrine avec l'air aussi scandalisé que si on lui avait servi des spaghettis réchauffés au micro-ondes.

— Merci Vittoria, murmura Juliette, touchée.

— Viens, viens, je vais te donner des *dolce*, ça va te faire du bien, j'ai fait des *ricciarelli* ce matin, ils sont tout frais, tu as de la chance.

Elle s'empara d'un bocal de biscuits secs sur une étagère.

— C'est *migliore* que tes ChocoCookie, tu vas voir. Tu sais les hommes, de nos jours ils n'ont plus de *coglioni*, je sais même pas s'ils en ont eu un jour d'ailleurs. Ils ne servent à rien, rien du tout, regarde-moi comme je suis heureuse sans homme, tout ce qu'ils savent faire, c'est aller au lit avec des *puttane* !

Tout en parlant, elle avait déposé les biscuits sur une coupelle qu'elle tendit à Juliette après s'être elle-même servie. Elle continua la bouche pleine :

— Une fille comme toi, tellement *bella* et intelligente, quel *cretino.*

Juliette ferma les yeux un instant, le temps de sentir le sucre glace qui recouvrait le gâteau se coller à son palais et remplir sa bouche de contentement.

— Viens, viens t'asseoir, *bella,* tu seras mieux. Vittoria suspendit le panneau « Fermé » sur la porte d'un geste sec au moment où un client tentait de rentrer. Devant son air agacé, elle leva les bras en lui criant à travers la vitrine :

— Et les trente-cinq heures alors, *maleducato* !

Elle emmena Juliette dans l'arrière-boutique, la fit asseoir sur un gros fauteuil et commença à faire du thé. Elle continuait de parler, de s'indigner de la lâcheté des hommes, de l'injustice de la situation. Juliette hochait poliment la tête, incapable d'en placer une. Elle s'enfonça dans le fauteuil et essaya de se détendre. La voix mélodieuse de Vittoria, ses inflexions chaudes et chantantes, agissaient sur elle comme une berceuse, elle n'avait pas envie de parler, elle voulait se laisser chouchouter. En sirotant son thé, Juliette raconta pour la énième fois les détails que Vittoria lui demandait. Au bout d'une heure et demie de bavardages, Vittoria lui donna les clés de l'appartement de sa fille. Elle lui dit de rester autant qu'elle voulait, qu'elle y serait chez elle, que sa Chiara, au moins, on pouvait compter sur elle, ce n'était pas comme tous ces *cafone* qui nous trahissaient dès qu'on avait le dos tourné. Elle recommanda à Juliette de prendre des vacances, d'aller en Italie par exemple, que ça lui ferait du bien, car c'était, et de très loin, le plus beau pays du monde. Juliette écarta cette suggestion gentiment en expliquant qu'elle ne prenait jamais l'avion, c'était trop dangereux.

— Prends ma voiture, tu as le temps, *bella mia*, tu es au chômage !

Mais Juliette n'avait pas envie de partir en voyage, elle n'avait pas envie de grand-chose, si ce n'est que Nicolas revienne, qu'elle retrouve son travail et que tout redevienne comme avant. Elle accepta d'emprunter la voiture de Vittoria pour le déménagement et repartit avec du jambon et de la mozzarella en quantité suffisante pour ouvrir une pizzeria.

Chiara habitait dans le Marais, pas très loin de la place des Vosges, au quatrième étage d'un immeuble ancien en pierres de taille. Elle n'était pas encore rentrée et Juliette vida ses valises sur-le-champ, de peur d'encombrer l'appartement impeccable. Elle n'avait emporté que quelques habits et une photo encadrée d'elle et Nicolas qu'elle ne se résignait pas à abandonner. Dans le cadre, Nicolas appuyait ses lèvres sur la joue de Juliette qui tentait sans succès d'aplatir le fouillis de ses boucles dérangées par le vent. Le lit avait été fait avec des draps propres et on avait déposé sur le couvre-lit une serviette de bain aussi épaisse qu'au Crillon. Juliette posa sa trousse de toilette dans la salle de bains où les crèmes et les flacons de grandes marques étaient rangés avec soin sur les étagères et le maquillage trié par usage et par couleur dans une boîte en rotin au-dessus du lavabo.

Chiara avait commencé une carrière fulgurante en marketing chez Chanel cinq ans auparavant. Elle était partie au bout de deux ans, suite à une dispute avec sa manager, à cause d'une promotion qui lui revenait de droit et qu'on ne lui avait pas accordée sous prétexte qu'elle était trop jeune. Elle avait démissionné et était passée à l'ennemi. Elle avait, en trois ans chez Dior, été promue trois fois. Elle ne parlait pas beaucoup de son travail et ne se vantait jamais. Si on lui posait une question sur ses responsabilités ou son salaire, elle détournait la conversation en disant qu'elle avait assisté au tournage de la dernière pub Dior avec Sarah (Lamour) ou Marion (Cotillard) et que la première était une pimbêche et la deuxième une crème. Juliette apprenait en général ses promotions et réussites de Vittoria, qui les avouait sous le sceau du secret à l'intégralité de Paris.

Chiara restait aussi fascinée à vingt-huit ans qu'à quatorze par tout ce qui touchait de près ou de loin au monde de la mode. Elle ne manquait jamais un cocktail, un salon ou un événement. Elle y allait armée de son plus beau sourire et de ses cartes de visite. Elle draguait sans vergogne tout Max Mara, Gucci, Burberry et Hermès et sa garde-robe constituait la preuve irréfutable de ses talents de séductrice. Dans son dressing de princesse, toutes les plus belles marques se côtoyaient, des dizaines de paires de chaussures occupaient tout un pan du mur, les manteaux, un autre. Chiara ne faisait jamais d'erreur de goût. Elle serait morte plutôt que de sortir dans la rue en baskets et jamais elle n'aurait eu la stupidité de marcher en talons plats. Elle avait une tare cachée, cependant, que n'importe qui doté d'un peu de perspicacité mathématique était susceptible de découvrir et qu'elle s'acharnait à dissimuler par tous les moyens possibles et imaginables : elle faisait un mètre soixante-dix avec douze centimètres de talons. Tout le monde pensait qu'elle était grande. Il était tout naturel de supposer en la voyant que ses talons aiguilles n'étaient qu'une prolongation de sa personne, tellement il était devenu impensable de l'imaginer sans. En réalité, et c'était son gros complexe, elle était petite. Devant Juliette et à l'abri des regards, Chiara enlevait ses escarpins et marchait pieds nus presque sans gêne. C'était sûrement la plus belle preuve de son amitié. Juliette n'avait jamais compris cette obsession. Tout le monde aurait trouvé Chiara ravissante, même en jogging, mais aucun compliment au monde ne l'aurait empêchée de contempler les mannequins d'un mètre quatre-vingt-cinq avec les yeux tristes d'un enfant pauvre qui regarde le fils du voisin jouer avec sa nouvelle PlayStation.

Vers vingt et une heures la porte d'entrée claqua et Chiara sourit en rentrant dans l'appartement. Juliette avait fait les courses et préparé le dîner.

— Ça sent bon, dit Chiara en l'embrassant sur la joue et elle alla soulever le couvercle de la casserole.

— Curry de poulet au lait de coco et noix de cajou.

— Pourquoi tu crois que je t'héberge ? Je savais bien que dévorée par la culpabilité tu te mettrais à me faire de la cuisine de restaurant trois étoiles à longueur de journée.

Chiara se lava les mains et choisit une bouteille de vin dans le placard.

— Ça me fait penser, dit-elle en sortant le tire-bouchon d'un tiroir, j'ai une amie de *Mama* qui lui a demandé d'être traiteur à une soirée et elle a refusé. Elle est trop fatiguée et ce n'est pas son métier, mais elle lui a dit qu'elle connaissait peut-être quelqu'un et m'a demandé de te donner sa carte. Elle posa le vin débouché sur la table et retourna dans l'entrée fouiller dans son sac à main.

— Tiens.

— Mais… Je fais la cuisine pour m'amuser, ça me paraîtrait bizarre de me faire payer pour ça.

Chiara s'assit à table et commença à remplir les verres.

— Comme tu veux, c'est juste une idée. C'est un dîner assis pour dix personnes, tu fais les courses, tu fais la cuisine sur place, il y a une fille qui s'occupe de servir…

— Et elle ne trouve personne ?

— Je pense qu'elle veut quelqu'un de recommandé, elle n'a pas envie de prendre n'importe qui.

— C'est payé combien ?

— Elle proposait à *Mama* quatre cents euros pour la soirée, sans compter les courses bien sûr, donc c'est pas mal.

— Quatre cents euros ? Pour quatre heures de boulot ? Même pas du boulot, de la cuisine ?

Juliette s'assit à son tour et servit les assiettes, Chiara avala une gorgée de vin avant de poursuivre.

— Voilà, c'est exactement ce que je te dis, tu devrais l'appeler avant qu'elle ne trouve quelqu'un d'autre.

— Je pourrais te payer un loyer avec ça !

Chiara arrêta sa fourchette à mi-chemin entre son assiette et sa bouche.

— Mais ça va pas bien ? Si tu me donnes un sou je te jette dehors et tu finiras clocharde sous le pont des Amours. D'ailleurs, en parlant de clocharde, comment va ton amie Caroline ?

— Oh, elle va bien, je n'ai pas trop de nouvelles depuis la semaine dernière.

— Tiens, ça ne m'étonne pas, j'ai toujours pensé que dans les moments difficiles, ce n'était pas le genre de personne sur qui on pouvait compter.

— Ce n'est pas vrai, c'est juste qu'elle est trop proche de Nicolas, ça l'a toujours mise mal à l'aise de prendre parti dans nos conflits.

Chiara s'appuya sur le dossier de sa chaise, les yeux à demi fermés, son verre de bordeaux à la main.

— Et Nicolas d'ailleurs ? Tu as eu des nouvelles ?

— Non, sauf un texto.

— Un texto qui disait quoi ?

— D'arrêter de le harceler.

Chiara eut un léger sourire.

— Tu n'abandonnes jamais, espèce de folle.

— Tu ne comprends pas, on allait se marier, murmura Juliette, le nez dans son verre.

— *Cara mia,* tu sais, quand on aime quelqu'un, on se fait toujours baiser, au sens propre comme au sens figuré.

— T'en as pas marre parfois, des beaux gosses que tu ne revois jamais, tu ne voudrais pas avoir une vraie histoire ?

— À partir du moment où j'ai loupé le coche de la fac, je préfère m'amuser un peu en attendant le round des premiers divorces. Tu veux un yaourt ?

Elle lui agita sous le nez un Taillefine à la cerise et Juliette fit la grimace.

— Non, merci.

— En plus, franchement, imagine que je tombe sur Ryan Gosling dans la rue, j'aurais vraiment l'air stupide si je ne pouvais pas coucher avec lui parce que j'étais mariée.

— C'est officiellement l'argument le plus sensé que j'aie jamais entendu en faveur du célibat, marmonna Juliette.

10.

WHATEVER

À la télévision, on annonçait l'hiver le plus froid de la décennie. Les arbres dans les rues étaient nus. Les rues, les immeubles et les passants, tout était gris ou marron. On commençait à peine à suspendre les décorations de Noël dans les devantures des magasins. Les Champs-Élysées avaient déjà sorti leur tenue de gala, les touristes s'émerveillaient de la plus belle avenue du monde illuminée pour Noël pendant que les pick-pockets s'émerveillaient de pouvoir se servir dans leurs poches sans la moindre difficulté. Comme tous les ans, l'arrivée des fêtes de fin d'année mettait tout le monde de bonne humeur, à l'exception des habituels rabat-joie, qui prétendent détester Noël pour se faire remarquer.

Juliette se pelotonna sous la couette. Pendant longtemps, elle avait ouvert les yeux tous les matins persuadée d'avoir fait un mauvais rêve, mais après la seconde de soulagement qui suivait son réveil, les murs de la chambre d'ami de Chiara lui rappelaient avec brutalité la réalité de sa solitude. Elle n'avait pas trouvé de travail, ce qui paraissait logique dans la mesure où elle n'en avait pas cherché, mais c'était tout de même déprimant. Elle ne parlait plus de Nicolas, que ce soit à Chiara ou à ses parents qui appelaient régulièrement pour lui demander si elle allait mieux. Même Caroline était devenue moins présente, sa charge de travail ayant été multipliée par trois depuis sa promotion.

Un mois s'était écoulé depuis leur rupture et non seulement elle n'allait pas mieux, mais elle avait de plus en plus de mal à entretenir l'espoir d'une réconciliation. Elle se couchait tôt et se levait tard, la journée elle traînait devant la télévision, vidée de toute énergie. Parfois, elle réussissait à se convaincre que le silence de Nicolas ne signifiait rien, que peut-être il pensait à elle mais n'osait pas appeler. Quand elle exposait à Chiara ses plans de reconquête, celle-ci lui répondait :

— Il faut que tu arrêtes avec ça, Julieta, laisse tomber, il ne reviendra pas.

Juliette lui en voulait, elle se disait que Chiara ne comprenait rien à l'amour et elle retournait s'enfermer dans sa chambre en soupirant.

Depuis sa couette, elle ruminait. Après ce qu'ils avaient vécu ensemble, elle avait bien le droit de lui téléphoner. Et puis c'était ridicule, on ne sait jamais, peut-être qu'il décrocherait en disant :

— Juliette ! Enfin ! Je n'osais pas t'appeler.

Elle se leva, il fallait essayer. Elle hésita à l'appeler de son portable, mais se dit que le fixe de Chiara était moins risqué. Il ne reconnaîtrait pas le numéro, juste au cas où il n'aurait été qu'inconsciemment au courant qu'il ne pouvait pas vivre sans elle et décide de ne pas décrocher.

— Allô ?

Quand elle entendit sa voix grave, son cœur se gonfla.

— Nicolas, c'est Juliette.

Il y eut un silence à l'autre bout du fil, elle continua :

— Ça va ?

— Ça va.

Un silence à nouveau. Il n'avait pas envie de lui parler et ça lui brisait le cœur.

Elle respira un grand coup et lui dit très vite :

— J'appelais juste comme ça, pour avoir des nouvelles, je suis désolée de t'avoir harcelé au début, j'ai eu un peu de mal à me faire à l'idée, mais maintenant ça va.

Après quelques secondes, il répondit lentement, comme s'il pesait chacun de ses mots.

— OK, très bien, de mon côté ça va, rien de particulier.

Il était froid, il n'avait pas envie d'engager une discussion, mais elle ne supportait pas l'idée qu'il raccroche maintenant, il fallait qu'elle établisse une conversation normale, qu'elle renoue contact avec lui.

— Ta thèse, ça avance ?

— Juliette, il faut que je te dise quelque chose.

Il avait une voix bizarre, Juliette ferma les yeux et sentit l'espoir l'envahir, ça y est, il allait lui dire qu'il n'arrivait pas à vivre sans elle, qu'il allait revenir.

— Il faut… il faut que ça s'arrête, que tu arrêtes de m'appeler et de m'écrire tout le temps, ce n'est pas une passade, tu sais… je… je ne t'aime plus.

Elle crut un instant qu'il hésitait à dire autre chose, elle n'arrivait plus à respirer, elle sentit une brûlure dans son ventre, un mélange de douleur et d'humiliation. C'était juste un coup de fil, pas comme si elle le suivait dans la rue. Il n'avait pas à lui répondre de cette manière. Elle s'entendit répondre d'une voix calme et posée.

— Nicolas, je ne t'appelais pas pour te récupérer, je voulais juste te dire que j'étais avec quelqu'un.

À l'autre bout du fil, Nicolas mit une bonne seconde à répondre d'un ton joyeux qui sonnait un peu faux.

— C'est vrai ? Juliette… Je suis tellement content pour toi, j'ai eu peur, j'ai cru un instant que tu me rappelais une fois de plus pour me faire une scène, tu ne peux pas savoir comme je suis soulagé.

Lui faire une scène ? Elle pensa aux jours douloureux qu'elle venait de traverser et elle avait à la fois envie de pleurer et de l'insulter. Elle continua avec un rire forcé :

— Non non, je voulais te le dire, que ce soit clair entre nous justement, pour ne pas qu'il y ait de malaise.

Ils poursuivirent la conversation quelques minutes, échangeant des phrases maladroites et bancales. Il avait peu avancé sur sa thèse, en attendant de trouver un appartement il logeait chez son pote Thibault, métro Place-de-Clichy. Juliette se rappelait être allée chez le Thibault en question quelques mois plus tôt, pour un apéro assommant dont le thème était « Sociologie métaphysique ». Elle posait mécaniquement des questions, il répondait avec un enthousiasme forcé. Il lui demanda où elle avait rencontré son nouveau copain. Elle répondit n'importe quoi, c'était très récent, à une soirée où Chiara l'avait emmenée. Elle mentait avec naturel. Après tout, si c'était le prix à payer pour lui parler, elle était prête à s'inventer une double vie. Elle n'osa pas lui demander s'il était toujours seul. Le fait qu'il habite avec un vieux copain de thèse la rassura, il devait être encore célibataire.

Il devait la laisser, il fallait qu'il travaille. Avec tous ces bouleversements, sa thèse prenait du retard. Il lui affirma de nouveau qu'il était content pour elle, gentiment, puis il lui dit au revoir et raccrocha.

Je ne t'aime plus. La phrase résonnait encore dans le silence de l'appartement. Pendant qu'elle était là, comme une idiote, à croire qu'il pensait à elle, à attendre que son téléphone sonne, lui allait très bien. Elle ne comprenait pas comment il avait pu passer à autre chose si vite alors qu'elle ne faisait que tomber un peu plus bas chaque jour. Malgré le chauffage que Chiara montait un peu plus tous les jours en pestant contre l'hiver parisien et en affirmant qu'il fallait être complètement stupide pour habiter ailleurs qu'en Italie, Juliette était frigorifiée. Elle s'allongea sur le canapé, les joues dégoulinantes de larmes silencieuses. Elle n'arriverait jamais à s'en remettre, jamais, elle ne pouvait pas encaisser cette rupture. Elle serait en dépression jusqu'à la fin de sa vie.

Quand Chiara rentra en fin de journée, Juliette était toujours au même endroit. Les yeux rouges et gonflés, le regard fixe. Chiara posa une main fraîche sur son front brûlant et lui demanda ce qu'il se passait. À son regard inquiet, Juliette comprit qu'elle avait l'air pathétique. Elle lui raconta d'une voix éteinte sa conversation téléphonique avec Nicolas et Chiara la prit dans ses bras.

— Ce sont des choses qui arrivent, *cara mia*, lui dit-elle, l'amour n'est pas éternel.

— Nous, c'était différent, murmura Juliette.

— Ce n'est jamais différent, Julieta, l'amour, ça va, ça vient, vous avez eu une belle histoire, mais maintenant elle est terminée, il te l'a dit, il faut que tu l'acceptes. Ça te prendra du temps, mais ça finira par aller mieux.

— Comment peut-il m'oublier au bout de quelques semaines alors qu'on a passé des années ensemble ? répondit Juliette dans un soudain accès de colère.

Chiara lui passa la main dans les cheveux.

— Va te passer le visage à l'eau froide, Julieta, prends une douche et je fais le dîner pendant ce temps-là, tu as besoin de te changer les idées.

— Je n'ai pas faim, je vais aller me coucher.

— Tu es sûre ? Tu devrais en profiter, c'est très rare que je fasse la cuisine.

— Je sais, merci, mais je suis fatiguée.

Elle revoyait Chloé et Nicolas sortir de chez elle le jour de son licenciement, l'air heureux, elle se rappela la table où ils avaient l'habitude de travailler sans trace de livres ni de feuilles, les draps du lit changés. Quand elle s'endormit enfin, elle vit Nicolas et Chloé marcher la main dans la main dans un parc, ils riaient et se moquaient ouvertement d'elle et elle était seule, sans personne.

11.

FOLLE FILATURE EN FRATELLI ROSSETTI

Juliette se réveilla le lendemain matin avec les yeux bouffis. Plus elle dormait, plus elle était fatiguée. Elle aurait dû trouver quelque part le courage de passer à autre chose, se battre pour remonter la pente, mais la conversation de la veille tournait dans sa tête comme un CD rayé qui butait sur le « Je ne t'aime plus ». Elle pensait sans cesse à Chloé, le doute la tenaillait, il s'engouffrait dans le vide laissé par ses questions sans réponses et l'étouffait peu à peu de l'intérieur. Il fallait qu'elle en ait le cœur net. Elle n'aurait pas de mal à retrouver la rue de Thibault, l'ami qui hébergeait Nicolas. S'il ne voulait pas lui dire la vérité, elle irait la chercher elle-même, c'était aussi simple que ça.

Motivée par ce projet constructif, Juliette se leva, prit sa douche et pour la première fois depuis plusieurs semaines, se maquilla et s'habilla avec soin. Elle enfila une robe noire, sobre mais élégante, une paire de chaussures Fratelli Rossetti en daim rouge à talons aiguilles qui appartenaient à Chiara et elle se couvrit les yeux d'une paire de grandes lunettes de soleil. Chiara adorait prêter ses vêtements. Elle en avait trop, les portait rarement, voire les oubliait complètement et elle était ravie de voir que les pièces qu'elle avait délaissées pouvaient avoir la seconde vie qu'elles méritaient sur un autre corps que le sien. D'autre part, dans le cas où Juliette serait démasquée, le sens commun lui dictait qu'il était préférable d'avoir l'air d'une vamp qui erre dans la rue plutôt que d'une dépressive insomniaque en jogging.

Il était onze heures du matin, l'heure de pointe était passée. C'était une des rares joies du chômage que de pouvoir s'asseoir dans le métro, sans avoir à affronter les travailleurs qui finissent la joue compressée sur la vitre de la porte, écrabouillés mais ravis d'avoir gagné leur place vers La Défense. Dans les couloirs souterrains, les affiches criardes soldaient Noël plus d'un mois avant l'heure.

Juliette adorait Noël, elle passait habituellement le mois de décembre à vider les magasins et son compte en banque à la recherche des cadeaux parfaits pour son entourage. Elle affrontait tous les midis pendant sa pause déjeuner la foule hystérique du centre commercial des Quatre-Temps et elle dénichait toujours les cadeaux qui font vraiment plaisir et auxquels on ne s'attend pas. Mais cette année, Noël sans argent et sans Nicolas s'annonçait plutôt mal et elle préférait ne pas y penser.

Arrivée place de Clichy, elle enfila ses lunettes de soleil et descendit. Au centre de la place, la statue sévère du maréchal Moncey contemplait d'un œil méprisant le KFC et le Starbucks qui ne désemplissaient pas de la journée. La place ressemblait plus au point de contact dans un carambolage du huitième, neuvième, dix-septième et dix-huitième arrondissements qu'à une place parisienne dessinée par un urbaniste. Les façades des immeubles n'avaient aucun rapport les unes avec les autres, l'architecture, les pierres, les toits étaient d'époques et de styles différents, mais tout ce monde cohabitait dans un joyeux bazar.

Juliette détailla les façades autour d'elle, elle essayait de se souvenir du chemin qu'elle et Nicolas avaient suivi le jour où ils étaient allés chez Thibault. Elle était persuadée qu'il n'y aurait aucun problème, elle avait un excellent sens de l'orientation. Ils étaient passés devant Léon de Bruxelles, elle en était certaine, les moules-frites lui avaient fait envie. Elle prit la rue de Clichy d'un pas assuré, arpenta un quart d'heure des rues dont le nom lui semblait connu, à chaque fois elle se disait « Mais oui, c'est là » et elle finit par se perdre. Elle s'arrêta alors pour réfléchir. Elle était dans une petite rue calme et derrière la grille noire et tarabiscotée, elle pouvait voir un hôtel particulier en pierres de taille et aux larges fenêtres se dresser au fond d'une cour pavée. Elle était certaine d'être déjà venue ici, elle se souvenait même que Nicolas lui avait expliqué sur le trajet quelque chose de très ennuyeux à propos de l'architecture de ce bâtiment.

Une porte claqua derrière elle. Elle se retourna et eut à peine le temps de se jeter derrière une voiture. Son pied droit et donc une des chaussures en daim rouge de Chiara atterrit en plein dans l'eau boueuse du caniveau. Nicolas était là. Il venait de sortir de l'immeuble d'en face. Pas la peine de se demander s'il l'avait vue ou pas. Il était comme toujours perdu dans ses pensées, aveugle à ce qui l'entourait. Un court instant, elle se sentit ridicule et elle eut honte de jouer les détectives privés, mais maintenant qu'elle était derrière lui avec ses lunettes de soleil, autant aller jusqu'au bout.

Elle entreprit de le suivre à une distance raisonnable, prête à se jeter de nouveau dans le caniveau à la première alerte. Il flânait dans les rues froides, un rayon de soleil, miraculeux pour un novembre parisien, venait d'apparaître. C'était quelque chose qui les avait toujours mutuellement énervés : lui marchait lentement, elle faisait de grandes enjambées en râlant parce qu'il n'allait pas assez vite.

Après quelques minutes de marche, il rentra dans une boutique sombre et elle se posta de l'autre côté de la rue. La vitrine était encombrée de magazines de voyages étalés sur du sable artificiel parsemé de coquillages en plastique, des panneaux délavés montraient des femmes en maillots de bain sur des plages de sable fin. On pouvait lire sur l'enseigne « Agence de voyages Pépin », et en dessous en plus petit « Heureux qui comme Ulysse a fait un beau voyage ». Juliette commençait à s'impatienter. Que faisait-il aussi longtemps dans cette agence minable ? Elle était d'autant plus agacée qu'elle ne voyageait jamais, puisque prendre l'avion représentait son pire cauchemar et il lui déplaisait d'imaginer que l'envie de courir le monde constituait non seulement un élément supplémentaire de divergence entre elle et Nicolas, mais aussi un désir dont il ne lui avait jamais fait part. C'est toujours elle qui avait organisé leurs vacances et jamais il n'avait exprimé l'envie de partir plus loin que la Bretagne ou le Massif central.

Au bout d'un quart d'heure, elle n'y tint plus : elle traversa et repassa devant la boutique en prenant l'air détaché. La vitre lui renvoya le reflet d'une femme élégante mais décoiffée avec aux pieds une paire de Fratelli Rossetti rouges dont une était bousillée. Elle jeta un coup d'œil à l'intérieur. Elle ne risquait rien, il lui tournait le dos. Assis devant un bureau, il tendait la main pour reprendre la carte de crédit que lui tendait la jeune femme en face de lui. Il la remit dans son portefeuille qu'il posa sur la table pour lui serrer la main, puis il se leva pour sortir. Juliette se jeta aussitôt sous la porte cochère de l'immeuble d'à côté. Une minute plus tard, en s'inclinant prudemment elle aperçut son dos qui s'éloignait dans la direction opposée. Elle se détendit, le danger était passé.

Il partait en voyage. Il devait être bouleversé pour partir sur un coup de tête à peine un mois après leur rupture. Elle sourit avec tendresse, c'était tellement caractéristique de Nicolas, il ne pouvait pas réserver sur Internet comme tout le monde, il préférait payer le double dans une agence de voyages poussiéreuse. Elle hésita, puis se décida à pousser la porte de la boutique, le carillon se fit à nouveau entendre.

12.

THÉORIE DE LA PRISE DE DÉCISION RATIONNELLE, PAR JULIETTE CHARPENTIER

L'employée leva la tête, stupéfaite de voir entrer ce qui semblait être son deuxième client de la décennie.

— Je peux vous aider, madame ?

Elle espérait que Juliette répondrait par la négative, il n'était même pas midi et elle était déjà épuisée. Le propriétaire lui avait pourtant assuré qu'il n'avait plus jamais de clients et elle avait accepté ce job pour pouvoir fumer des joints en toute tranquillité dans le cagibi du fond.

Avant, Juliette aimait bien qu'on l'appelle « madame ». Surtout quand elle se promenait avec Nicolas : elle se sentait mariée et sûre d'elle. Maintenant, le titre lui donnait des sueurs froides, mais elle avait besoin d'informations et elle s'assit donc avec un large sourire devant le bureau couvert de taches d'encre et de dossiers. L'employée était jeune, au milieu de ses longs cheveux noirs, une mèche teinte en violet cherchait à se faire remarquer.

— Je voudrais partir en voyage, mais je ne sais pas où aller.

La fille la dévisagea avec une expression profondément ennuyée, voire légèrement excédée.

— Quel genre de voyage ?

— Je ne sais pas, donnez-moi des idées.

Juliette cherchait des indices sur le bureau en désordre, un prospectus, un billet d'avion, quelque chose qui lui dirait ce que Nicolas fichait dans ce trou, mais elle ne voyait rien d'intéressant. Elle poursuivit :

— Je voudrais partir seule, me ressourcer quelque part… Je ne sais pas… Qu'a choisi votre dernier client, par exemple ?

La fille s'appuya sur le dossier du fauteuil en poussant à nouveau un gros soupir.

— Les Maldives. Mais il part en couple.

— En couple ?! hurla Juliette.

— Oui, vous savez, « en couple », avec sa copine, quoi…

Juliette avala sa salive et se força à afficher un sourire crispé.

— C'est bien les Maldives en cette saison ? Il part quand ?

— Juste avant Noël.

— Pendant combien de temps ?

— Dix jours... Mais pourquoi vous voulez absolument savoir ce que fait ce type ?

— Non, non, je ne veux pas savoir, je cherche des idées, c'est tout.

La fille tortillait sa mèche violette l'air perplexe. Peut-être qu'elle aurait une prime en fin de compte si elle se mettait à vendre des voyages, ce qui, au fond, était ce pourquoi on la payait. Elle décida subitement de s'intéresser à la conversation et se pencha vers Juliette.

— Vous savez en fait, les Maldives, pour vous ressourcer, c'est vraiment pas mal, en plus, on a une super promo.

Elle partit dans une description détaillée du voyage, de l'hôtel cinq étoiles, les activités, la plongée, le ski nautique, le buffet du petit déjeuner qui « déchirait tout », etc.

— Vous y êtes allée ? demanda Juliette poliment.

— Ça va pas, non ? Vous me prenez pour Crésus ?

Juliette s'étonna un peu de la réponse, mais continua à poser des questions espérant en apprendre plus. La fille trouvait ça louche, mais se dit qu'en fin de compte, ce n'était pas son problème et que si cette fille bizarre lui achetait un voyage, elle pourrait négocier une semaine de vacances pour Noël. Elles n'entendirent pas la clochette de la porte, Juliette parce qu'elle était concentrée sur son enquête et l'employée parce qu'elle s'était résignée à ce que son agence soit aussi fréquentée qu'un Auchan.

— Le prix est vraiment intéressant, insistait-elle, si vous partez, je vous ferai même une remise supplémentaire, puisque vous êtes mon deuxième client de la journée, et…

— Juliette ? Mais qu'est-ce que tu fiches ici ?

Elles interrompirent leur conversation et levèrent la tête. Nicolas se tenait devant elles. Son regard abasourdi remonta des talons aiguilles rouges de Juliette à la paire de lunettes de soleil perchée sur son crâne.

Il y eut un long silence et Juliette, tétanisée, vit le visage de la jeune fille passer de l'effarement à l'incompréhension pour finalement s'éclairer. Un large sourire surgit sur son visage pâle. Elle avait compris.

— Quelle coïncidence, j'étais justement en train de renseigner mademoiselle sur un voyage aux Maldives. Vous vous connaissez ?

Juliette eut un moment de panique, envisagea la fuite : reprendre son sac à main posé sur le bureau et partir en courant, puis demander ingénument lors de sa prochaine conversation avec Nicolas si elle lui avait déjà parlé de sa sœur jumelle schizophrène qui habitait dans le neuvième arrondissement. Mais Nicolas était en plein dans le passage et il risquait de la retenir. Elle s'entendit répondre d'une voix posée :

— Tiens, Nicolas, c'est amusant, j'allais justement acheter des billets d'avion pour partir aux Maldives.

Et avec un large sourire elle sortit son portefeuille de son sac à main, fit tomber par terre son carnet de chèques qu'elle ne prit pas la peine de ramasser et tendit sa carte de crédit à la fille, à la fois ravie et stupéfaite de voir que cette scène ridicule allait être tout bénéfice pour elle.

— Je vous mets les dates et l'hôtel dont nous avions parlé ? demanda-t-elle d'un air entendu, c'est à peine si elle ne lui fit pas un gros clin d'œil.

Elle se mit alors à taper frénétiquement sur son clavier en commentant toute seule les horaires et ce qui était inclus dans le forfait.

— Donc, un billet d'avion et une chambre pour une personne...

— Non, pour deux bien sûr !

La fille s'arrêta dans son élan la main suspendue au-dessus du clavier

— Mais je croyais que vous vouliez vous ressourcer en solitaire ?

— Oui, bien sûr mais à deux, dit Juliette en éclatant de rire comme si elle venait de faire la blague la plus hilarante qui soit.

— Pas de souci, deux personnes alors. La fille avait l'air de plus en plus ravie.

Puis Juliette se tourna calmement vers Nicolas :

— Nous partons en vacances, besoin d'un peu de temps au calme pour nous retrouver avec... avec... Jean-Christophe.

Nicolas avait le visage de quelqu'un qui sort d'un coma et à qui on vient d'annoncer l'excellente nouvelle qu'il a dormi pendant quatre-vingt-treize ans.

— Jean-Christophe ? demanda-t-il, son regard désespéré passant de l'une à l'autre, cherchant une explication logique.

— Oui, Jean-Christophe, tu sais, mon nouveau copain, déclara Juliette en secouant la tête comme si c'était l'évidence même et qu'elle ne comprenait pas pourquoi elle avait besoin de tout lui expliquer.

— Vous allez aux Maldives ? répéta-t-il lentement, cherchant une confirmation du côté de la fille qui imprimait maintenant un résumé du voyage de quarante pages sans le moindre scrupule pour les arbres de la forêt équatoriale.

— Et pratiquement aux mêmes dates et dans le même hôtel que vous ! Vous avez cinq jours en commun, s'exclama-t-elle avec un enthousiasme qui touchait à l'hystérie.

— Vraiment ? Les mêmes dates ? Je ne savais pas, dit Juliette en prenant un air faussement surpris, après avoir jeté un regard à l'employée qui signifiait très clairement « Contredis-moi et ton voyage, tu peux te le mettre où je pense ».

Nicolas ne répondit pas tout de suite.

— Mais tu ne prends jamais l'avion, finit-il par murmurer.

La fille, qui avait maintenant parfaitement compris le rôle qu'elle devait tenir dans cette conversation, éclata de rire.

— Jamais l'avion ? Bien sûr que si mademoiselle prend l'avion, elle rentre d'ailleurs tout juste de São Paulo.

Juliette lui lança un regard assassin et Nicolas ne releva pas cette dernière remarque, préférant focaliser toute son attention sur Juliette. Les choses étaient suffisamment compliquées comme ça.

— Parfait. Pour dix jours, ça vous fera quatre mille huit cent quatre-vingt-quinze euros et trente-deux centimes, je vous ai mis en demi-pension, continua-t-elle.

Juliette avala sa salive et s'interdit de hurler « COMBIEN ? », de toute façon elle ne risquait rien, sa carte ne passerait jamais pour une telle somme.

— Je vous fais cadeau des trente-deux centimes, dit l'employée avec le même ton cérémonieux que si elle avait dit « Je vous offre une Ferrari » en lui tendant la machine pour qu'elle compose son code.

Juliette appuya sur les quatre touches, puis valida avec une légère appréhension. La fille scruta l'appareil les sourcils froncés.

— Carte refusée, dit-elle.

— Zut, répondit Juliette. Elle avait frôlé la crise cardiaque.

— Pas de problème, votre plafond doit être de neuf cents euros comme monsieur, non ? Vous me faites une carte de neuf cents euros et vous me payez le reste par chèque.

— J'aimerais bien, dit Juliette, sans même regarder dans son sac, mais j'ai oublié mon carnet de chèques, je repasserai plus tard.

Elle s'apprêtait à reprendre sa carte et à se lever pour partir quand l'employée se pencha pour ramasser quelque chose par terre et se releva triomphante.

— Et ça alors ? dit-elle en brandissant au-dessus de sa tête le carnet de chèques que Juliette avait fait tomber. Tout s'arrange !

Juliette pâlit, la fille avait déjà réinséré sa carte bleue dans la machine et la lui tendait de nouveau avec un sourire machiavélique. Nicolas toujours planté à côté d'elle semblait avoir définitivement pris racine.

Ils attendaient.

Juliette était dans une impasse. Elle pouvait peut-être juste dire qu'elle avait besoin de réfléchir et qu'elle reviendrait plus tard, il lui suffirait alors de se jeter dans la Seine sur le chemin du retour pour oublier cette scène grotesque. Mais elle ne pouvait pas laisser Nicolas douter un seul instant de la raison de sa présence à l'agence.

Elle recomposa son code. Neuf cents euros, ça ne passerait pas non plus et après deux tentatives échouées, elle pourrait abandonner sans avoir l'air d'avoir menti. Elle valida et à nouveau la machine se tut, comme si elle tergiversait. La fille regardait l'appareil avec des yeux avides, rêvant déjà à sa prime. Puis, dans le silence religieux qui avait envahi la boutique, avec un bruit sec entrecoupé de bips, le ticket de carte bleue sortit de l'appareil vers lequel convergeaient tous les regards. Juliette se sentit défaillir.

— Voilà, s'exclama la fille avec un sourire radieux. Maintenant vous pouvez me faire un chèque de trois mille neuf cent quatre-vingt-quinze euros et trente-deux centimes.

Elle avait visiblement oublié dans l'intervalle les trente-deux centimes offerts.

Juliette, les mains tremblantes, se tourna vers Nicolas avec un sourire crispé qu'elle espérait sincère, mais qui tenait surtout de la grimace.

— Au fait, et toi, qu'est-ce que tu fais là ?

Il parut se réveiller d'un rêve absurde.

— J'avais oublié mon portefeuille.

— Oui, il est là, dit la fille, ravie de rendre service en le lui tendant. Il était à peine treize heures, la journée s'annonçait déjà excellente.

Nicolas rangea son portefeuille dans sa poche. Juliette le fixait, espérant qu'il parte enfin.

— Salut, dit-elle pour le lui faire comprendre, à bientôt.

Il hésitait, se balançant d'un pied sur l'autre.

— Je t'attends, dit-il finalement.

Juliette soupira, c'était bien fait pour elle, ça lui apprendrait à entreprendre des opérations d'espionnage stériles plutôt que de chercher du travail comme elle aurait dû être en train de le faire. Résignée, elle ouvrit son carnet de chèques, en remplit un d'une écriture hâtive, l'idée de ne pas le signer lui traversa l'esprit, mais miss Gothique en face d'elle ne la laisserait jamais s'en tirer à si bon compte. Elle le signa, le tendit à la fille et se leva.

— Allons-y alors, dit-elle, au revoir et merci, mademoiselle.

— Mais c'est moi qui vous remercie !

Elle lui tendit ses documents de voyage dans une pochette bleue matelassée.

Et quand Juliette, suivie de Nicolas toujours en état de choc, ouvrit la porte pour sortir, elle l'entendit crier par-dessus le tintement de la sonnette :

— Et bonnes vacances !

13.

TOUT LE MONDE SE FAIT LARGUER (MÊME SARAH LAMOUR)

— OK, donc si je résume la situation, tu viens de claquer cinq mille euros pour un voyage à l'autre bout du monde pour toi et ton copain imaginaire Jean-Christophe et tu n'iras pas car tu as peur de l'avion…

Chiara était assise sur le canapé du salon. Elle tenait dans une main ce qu'il restait de ses escarpins rouges et tentait tant bien que mal de donner un sens aux propos incohérents de Juliette : une histoire d'enquête qui aurait mal tourné et d'un complot manigancé par une gothique machiavélique dans une agence de voyages moisie.

— En gros oui, dit Juliette après un moment d'hésitation.

— Tu peux m'expliquer une troisième fois ? J'ai beau essayer… je ne comprends pas.

Chiara resta silencieuse un court moment, ses yeux clairs fixés sur ceux de Juliette. Puis tout doucement les commissures de ses lèvres se mirent à frémir, elle fut prise d'un tremblement et, incapable de se contrôler plus longtemps, elle éclata de rire. Pliée en deux sur le canapé, elle riait tellement que de grosses larmes lui roulaient sur les joues.

— Ravie de voir que mon malheur te réjouit, grommela Juliette.

Chiara demeura incapable de répondre pendant une bonne minute, puis elle contrôla son fou rire pour demander :

— Non, mais sérieusement, Julieta, c'est quoi ton problème ?

— Je voulais juste voir ce qu'il devenait, s'il n'avait pas rencontré quelqu'un…

— Juliette, répondit Chiara en essayant de reprendre son calme, ça n'a pas d'importance qu'il ait une nouvelle copine, Chloé ou une autre. Vous n'êtes plus ensemble et il faut que tu tournes la page, ce que visiblement, compte tenu de l'histoire ridicule que tu viens de me raconter, tu n'essaies même pas de faire.

— Tu crois que c'est elle ? Chloé ?

Chiara s'essuya les yeux et entreprit de déboutonner son manteau.

— Ça me paraît l'hypothèse la plus logique, mais il rencontre aussi beaucoup de gens à la fac, donc bon…

Juliette demanda d'une petite voix :

— Tu crois que ça a commencé avant ?

— Avant quoi ?

— Avant qu'on se sépare.

Chiara prit le temps de suspendre son trench et se rassit sur le canapé.

— Je ne sais pas ma Juliette, mais encore une fois, qu'est-ce que ça change ?

— Rien, rien, je sais.

— Il faut que tu te bouges maintenant, reprit Chiara d'une voix douce mais ferme, ça fait plus d'un mois, il ne reviendra pas, il faut que tu retrouves du travail.

Elle lui parlait comme une maman à une enfant, avec le ton de quelqu'un qui regrette de faire de la peine, mais dont c'est le devoir de faire des reproches.

Juliette s'affala un peu plus dans le canapé.

— Je cherche du travail.

— Tu me prends pour une idiote ? D'ailleurs tu as rappelé l'amie de ma mère dont je t'ai donné le numéro ?

— Non.

— Ça ne t'intéresse pas ?

— Si, mais je n'ai pas eu le temps.

Chiara soupira.

— Juliette, tu as tout le temps du monde, tu es au chômage. C'est un coup de fil, il y en a pour trois minutes. Alors prends une douche, couche-toi, mets ton réveil et demain matin, tu appelleras l'agence pour leur dire que tu souhaites annuler ce voyage et tu rappelleras pour ce job de traiteur, ensuite tu passeras le reste de ta journée à envoyer des candidatures. Ça ne me dérange pas de t'héberger, mais je ne te rends pas service, tu deviens une grosse mollassonne râleuse, qui passe ses journées à se morfondre sur elle-même au lieu de se bouger pour faire avancer les choses. Tout le monde se fait plaquer. Tout le monde. Même moi, c'est pour dire ! Et je ne vais pas argumenter sur le fait que Nicolas n'était qu'une chiffe molle à qui tu servais de mère et donc pas une grosse perte, parce que même s'il avait le corps de Ryan Gosling et la personnalité de Nelson Mandela, je te dirais que tu t'en remettrais. C'est vrai, mis à part quelques crétins hystériques comme Roméo et ton imbécile d'homonyme, plus personne ne meurt d'amour, c'est complètement démodé.

— Mais…

— Pas de « mais » ! Arrête de te plaindre, il y a des gens à qui il arrive des choses bien pires, regarde, rien que dans ce journal, je t'en trouve dix-huit qui se sont fait larguer !

Chiara brandit l'exemplaire de *GossipNews* qui traînait sur la table basse, l'ouvrit et commença à lire à voix haute :

— « Brian Tommy a pris la grosse tête depuis la coupe du monde, il brise le cœur de Lea Stone *: il la quitte pour sa professeure de tai-chi.* »

Chiara tourna trois pages et lu un article au hasard :

— Encore mieux, écoute ça : « *Sarah Lamour se fait larguer ! Mark Lenault, le jeune millionnaire fondateur du site kanopi.com, a rompu ses fiançailles avec*

Sarah, suite à la découverte de sa liaison avec J. Caphern, réalisateur du film Kiss from Haïti 4. »

— Tu sais que Sarah Lamour est ma jumelle, dit Juliette, on est nées le même jour, elle est devenue une star internationale multimillionnaire à vingt-huit ans et moi je ne suis qu'une…

Chiara eut un geste agacé de la main et poursuivit sans la laisser finir :

— « *Sophie-Julie a gagné la Star Ac, mais a perdu le grand amour de sa vie. Victor Tervant, son compagnon depuis qu'elle avait dix-sept ans, la quitte. Pour oublier son chagrin, Sophie-Julie planche sur son nouvel album dont le titre devrait être* Victor, je t'aime encore. »

— C'est bon Chiara, j'ai compris la démonstration…

— Mais c'est vrai, tout le monde se fait larguer, même Sarah Lamour, pourtant c'est sans doute la plus belle fille de France.

— Je ne vois pas le rapport, répliqua Juliette après avoir jeté un coup d'œil aux photos du magazine, moi je veux juste Nicolas.

Chiara leva les yeux au ciel.

— Justement, c'est bien ça le problème, bref… D'ailleurs il l'a pris comment, lui, vos petites vacances à quatre avec sa copine et ton Jean-Christophe ?

Juliette ne put s'empêcher de sourire au souvenir de la conversation qu'ils avaient eue avant de se séparer devant l'agence de voyages.

— Je lui ai demandé si ça n'allait pas être gênant, vu ce qu'on avait vécu, d'être dans le même hôtel pendant cinq jours.

— Et lui, il t'a répondu que pas du tout, que c'était tout à fait naturel et sympathique, j'imagine.

— À peu près, oui, répondit Juliette, mais il a eu une attitude bizarre, je lui ai demandé s'il partait seul, puisque je n'étais pas supposée savoir qu'il avait réservé pour deux personnes, et il m'a dit oui d'un air gêné et a changé de conversation.

Chiara leva un sourcil interrogateur.

— Et tu ne lui as pas dit que tu savais ? Tu n'as pas posé de questions ?

— Non, c'était déjà suffisamment difficile à encaisser comme ça, je n'avais pas envie d'entendre les détails.

Chiara proposa de faire une tisane et elles passèrent la soirée à commenter les journaux people, affalées sur le canapé.

14.

QUATRE MILLE HUIT CENT QUATRE-VINGT-QUINZE EUROS ET TRENTE-DEUX CENTIMES

Le lendemain, Juliette avait trente-neuf de fièvre, des courbatures et mal à la tête.

— Grippe, déclara Chiara après un coup d'œil.

Elle était clouée au lit. Sa mère l'appelait trois fois par heure pour lui rappeler de boire trois litres d'eau par jour si elle ne voulait pas mourir déshydratée par la fièvre, Chiara lui faisait livrer à domicile des litres de soupe bio aux légumes d'antan en provenance du Bristol et Juliette passait ses journées à dormir comme une bienheureuse la bouche grande ouverte, et à se plaindre le reste du temps. Elle crut mourir, mais elle se releva au bout de quatre jours en pleine forme. Elle ne se laisserait plus abattre, Chiara avait raison, ça commençait à bien faire.

Son premier réflexe fut d'appeler l'agence de voyages. Elle reconnut la voix morne de la fille au téléphone. Elle lui expliqua la situation, lui dit qu'elle avait perdu son boulot, qu'elle s'était séparée de son copain et qu'il fallait qu'elle annule le voyage.

— Je vais voir ce que je peux faire, je vous rappelle dans cinq minutes, lui répondit son interlocutrice en bâillant.

Juliette se préparait un café quand le téléphone sonna. Elle décrocha sans regarder l'écran et la voix de Nicolas dans le combiné la fit sursauter. Quelques gouttes débordèrent de sa tasse et vinrent lui brûler la main.

— Je voulais te parler au sujet des Maldives, dit-il après un vague bonjour.

Il avait la voix incertaine de quelqu'un qui se force à passer un coup de fil désagréable. Juliette, qui secouait sa main brûlée avec une grimace douloureuse, se contenta de répondre :

— Je ne pars plus, j'ai demandé l'annulation.

— Oh.

Il y eut un silence au bout du fil.

— Tu voulais me dire quoi ?

— Rien, rien… ne t'inquiète pas, juste… tu avais raison… ça aurait été bizarre… bref… il faut que je te laisse, dit-il avant de raccrocher précipitamment.

Elle resta un instant interdite, le combiné à l'oreille, se demandant quel était l'objet de cet appel, puis elle ouvrit l'eau froide à fond pour y passer sa main. Le téléphone sonna à nouveau.

— Bonjour mademoiselle Charpentier, c'est l'agence de voyages Pépin.

— Re-bonjour, dit Juliette en s'essuyant les mains.

— Je suis désolée, mais votre voyage n'est pas annulable, dit la fille au bout du fil.

— Mais ce n'est pas possible, s'exclama Juliette, le chèque ne passera jamais de toute façon, je suis au chômage, je n'ai même plus d'appartement.

— C'est regrettable, dit la fille avec indifférence, mais ne vous inquiétez pas pour le chèque, il a déjà été encaissé.

— Déjà encaissé ?

— Oui oui, je l'ai déposé le jour même, vous n'avez pas vu que vous aviez été débitée ? D'ailleurs il faudra penser à nous donner les coordonnées de la deuxième personne pour le billet d'avion et vos deux numéros de passeports.

Juliette ferma les yeux, c'était une catastrophe.

— Je vous rappelle, dit-elle, puis elle raccrocha.

Elle se précipita sur l'ordinateur pour vérifier son compte en banque. Elle était à découvert de plus de trois mille euros. Elle appela aussitôt ses parents, se demandant comment elle allait leur expliquer qu'il fallait qu'ils lui avancent trois mille euros pour payer un voyage aux Maldives auquel elle n'envisageait pas vraiment de participer, avec un certain Jean-Christophe dont la qualité la plus remarquable était l'inexistence. Elle tomba sur le répondeur et en désespoir de cause, elle téléphona à Chiara, qui, comme d'habitude, la rassura.

— Calme-toi, *cara mia*, ce n'est que de l'argent, il n'y a pas mort d'homme, je te fais un virement tout de suite et je te rappelle. Envoie-moi ton RIB par mail.

Juliette resta dix minutes sur le canapé à se tordre les mains en remerciant le ciel de lui avoir envoyé Chiara, dont le rôle sur Terre semblait être partagé entre deux tâches principales : être l'ange gardien de Juliette et être sublime. Elle ne rappela cependant pas tout de suite et ce n'est que plus d'une demi-heure après que le téléphone sonna de nouveau.

— J'ai deux bonnes nouvelles Julieta…

Juliette pouvait deviner son sourire au bout de la ligne.

— Oui ?

— La première c'est que je t'ai fait le virement, donc si tu appelles ta banque pour négocier tu ne paieras peut-être même pas d'agios.

— Merci, merci, je ne sais pas ce que je ferais sans toi…

— Déjà avec moi tu fais beaucoup de conneries, alors sans moi… bref, la seconde bonne nouvelle…

— Oui ?

— C'est que je viens de poser dix jours de vacances à Noël et qu'on part aux Maldives en amoureuses toi et moi !

Juliette en resta la bouche ouverte.

— Mais…

— Pas de mais, c'est décidé ! Et au passage, est-ce que tu pourrais s'il te plaît rappeler Françoise pour ce job de traiteur parce que je ne vais pas passer ma vie à t'entretenir et à payer tes vacances scandaleuses à l'autre bout du monde ?!

Et dans un éclat de rire joyeux, elle raccrocha sans écouter la réponse.

15.

CARTES DE VISITE ET OSSO-BUCCO À LA MILANAISE

Juliette avait fini par rappeler et rencontrer Françoise de Chasteignac, l'amie de la mère de Chiara et avait accepté de cuisiner pour une dizaine de convives. Elle n'aurait même pas à servir, c'est une jeune fille que Françoise de Chasteignac connaissait qui s'en occuperait.

Elle se plongea dans le projet avec une ardeur qui l'étonna elle-même. Elle éprouvait même une légère culpabilité à l'idée de se faire payer pour une activité qui, somme toute, l'amusait plus qu'autre chose. Une fois le menu validé, elle se mit à attendre la date en se rongeant les ongles d'excitation. Elle réessayait la même recette quatre fois de suite, faisait goûter à Chiara plusieurs versions et lui demandait laquelle elle préférait. Chiara, bien qu'elle ne distingue aucune différence de goût, affirmait toujours d'un ton catégorique que la troisième était, sans hésitation et de très loin, la meilleure.

Les parents de Juliette l'appelaient régulièrement, ils lui disaient qu'elle avait l'air d'aller mieux. À son grand étonnement, quand elle leur avait annoncé qu'elle allait partir aux Maldives, sa mère n'avait pas hurlé que c'était du suicide et son père lui avait même répondu que « c'était bien, elle avait besoin de vacances ». Ils lui avaient fait un virement de trois cents euros, comme « cadeau de Noël avant l'heure » pour participer à son voyage. Elle avait secrètement espéré qu'ils lui fassent une crise qui aurait justifié une annulation et elle fut un peu déçue. Quand elle avait rappelé l'agence pour mettre le second billet d'avion au nom de Chiara, Juliette avait réalisé qu'elle n'avait pas de passeport, elle n'en avait jamais eu et elle avait dû y remédier. Quand l'employée de la préfecture lui avait tendu le petit livret marron foncé, elle avait ressenti un mélange d'appréhension et d'excitation, comme quand elle testait une nouvelle recette.

Plongée dans ces préparatifs divers et l'envoi de quelques candidatures, elle pensait un peu moins à Nicolas pendant la journée. Elle avait bien envisagé de le rappeler pour lui dire qu'elle n'avait pas pu annuler les billets, mais elle n'avait jamais osé lui téléphoner. En secret, quand elle se couchait le soir, elle s'imaginait arrivant sur la plage en paréo, elle pensait à sa surprise quand il la verrait arriver. Elle rêvait à des scénarios différents, mais qui menaient toujours au même épilogue : il la sauvait de la noyade et l'embrassait fougueusement sur la plage ; sa nouvelle copine mourait dévorée par un requin et Juliette le consolait en l'embrassant fougueusement sur le bateau de sauvetage ; il avait une intoxication alimentaire et se retrouvait à l'infirmerie où ils s'embrassaient fougueusement sur un brancard (dans ce dernier cas de figure, Juliette portait une tenue d'infirmière très sexy, même s'il restait quelques lacunes dans l'intrigue quant à comment elle avait obtenu un poste à l'infirmerie de l'hôtel). Elle s'endormait un sourire bienheureux sur les lèvres et se réveillait souvent en hurlant quelques heures plus tard : elle rêvait toutes les nuits qu'elle s'écrasait sur le sol dans un avion en flammes.

Le jour du dîner, Juliette se réveilla à l'aube, excitée comme une enfant le jour de son anniversaire. Elle faisait des allers-retours nerveux dans la cuisine et assommait Chiara de questions dont elle connaissait déjà la réponse.

— Sinon je change tout, tant pis, je fais le bœuf en croûte avec des tagliatelles. Non ? Tu en penses quoi ? Si je fais du bœuf, je suis sûre que la viande est bonne, alors que si…

— *Cara mia*, je préférais quand tu étais en dépression, je ne supporte pas qu'on me parle avant mon café du matin, soupira Chiara avant de s'enfuir dans la salle de bains.

Françoise de Chasteignac habitait un magnifique appartement dans le seizième arrondissement, résultat d'un mariage loupé qui s'était conclu par un heureux divorce. La première fois que Juliette avait vu la cuisine, elle avait failli avoir un orgasme. La pièce faisait au moins trente mètres carrés. Le sol était recouvert d'un carrelage gris clair immaculé, les tiroirs et placards crème étaient pleins à craquer de tous les ustensiles possibles et imaginables et la machine à expresso était assortie au robot de cuisine multifonction gris métallisé.

Elle sortit de leur carton les verrines de tiramisu qu'elle avait préparées la veille et les rangea dans le frigo.

— J'en ai déjà faim, dit Françoise, ravie.

Juliette sourit poliment tout en admirant ses desserts. Le mascarpone, grâce à Vittoria, venait tout droit de Lombardie, elle avait fait elle-même les biscuits à la cuillère et au-dessus des couches de biscuits et de crème, elle avait dessiné à l'aide d'un pochoir une fleur en cacao.

Après s'être lavé les mains, attaché les cheveux et avoir enfilé un tablier, Juliette jeta un coup d'œil à son reflet déformé sur la porte du frigo. Elle avait l'air plutôt crédible dans son nouveau rôle. Elle commença par découper le veau, roula les morceaux dans la farine et les fit sauter à la poêle. Quand elle sentit la bonne odeur de viande grillée, Françoise glissa une tête dans l'entrebâillement de la porte ; Juliette ne la vit même pas. Les sourcils froncés, elle épluchait les légumes. Elle les fit ensuite revenir dans de l'huile d'olive, les déglaça avec du vin blanc et les mit à mijoter avec un bouquet d'herbes et d'épices.

Elle tartina plusieurs dizaines de canapés, saumon, crabe, féta, légumes, elle alternait les goûts et les couleurs dans le plat. Elle se recula d'un pas pour admirer son chef-d'œuvre avec satisfaction. Elle faillit oublier l'osso-bucco, qu'elle sortit du feu juste à temps. Les dents serrées, les yeux fixes, elle ne leva pas la tête pendant plus de deux heures, sans voir le temps passer.

Vers dix-neuf heures, une fille blonde arriva. Elle s'appelait Marie Favin et allait s'occuper du service. Elle demanda ce qu'on servait et dans quel ordre, quel vin allait avec quel aliment et les noms de chacun des plats pour qu'elle puisse les annoncer. Elle parlait fort et beaucoup en faisant de grands gestes.

Pendant la dernière demi-heure de préparation, Françoise passait environ toutes les dix-sept secondes, à chaque fois avec une tenue différente, pour demander si tout allait bien, si c'était bientôt prêt et si on avait besoin d'elle. Juliette lui répondait avec calme que oui, oui et que non tout en pensant qu'elle aurait avec plaisir renversé l'osso-bucco sur le sommet de son brushing parfait pour lui faire passer l'envie de la déranger.

Le dîner commença et Marie se mit à faire des allers-retours entre la cuisine et le salon. Elle arrivait avec un plat vide, repartait avec des assiettes pleines, emportait des flûtes ou des bouteilles de champagne en faisant à chaque fois un commentaire incisif du type « Oh là là, y en a une qui s'est fait toute l'assiette de foie gras ! ». Juliette, qui était restée debout, crispée et penchée en avant pendant plusieurs heures, réalisa qu'elle allait tomber par terre de fatigue et que son dos lui faisait mal. Elle s'assit et attendit, prit quelques photos des assiettes avec son téléphone portable avant que Marie ne vienne les emporter dans un tourbillon volubile de potins inutiles. Trop stressée pour manger, elle se rongeait les ongles en se demandant ce qu'ils allaient penser, s'ils allaient aimer… Elle demandait à Marie d'un ton anxieux après chaque plat :

— Alors ? Ils ont dit quelque chose ? Ils ont eu l'air d'apprécier ?

— Mais oui, mais oui, bien sûr qu'ils aiment, vu tout ce qu'ils s'empiffrent, c'est sûr qu'ils aiment.

Et Marie repartait aussi sec avec du pain ou une bouteille de vin en marmonnant qu'elle espérait qu'ils daigneraient quand même lui en laisser un peu.

Il fallut attendre que tous les plats reviennent vidés jusqu'à leur dernière goutte pour que Juliette se détende un peu. Pendant que ses invités finissaient leur café, Françoise fit irruption dans la cuisine. Juliette se leva d'un bond, des dizaines de questions au bord des lèvres, mais Françoise la coupa d'un ton autoritaire :

— Donnez-moi quelques cartes de visite, on me demande comment vous contacter et je n'ai même pas votre nom de famille.

Puis, sans écouter la réponse, elle se tourna vers Marie et lui demanda de rapporter des tisanes et des digestifs, mais pas de biscuits, car plus personne n'avait faim et elle ne voulait pas que ses invités explosent sur son tapis persan. Juliette resta un instant interdite avant de s'emparer d'un stylo et de quelques serviettes en papier sur lesquelles elle écrivit d'une main un peu tremblante son nom, son numéro de téléphone et son adresse e-mail. Elle les tendit à Françoise, qui commenta avant de repartir en courant dans le salon :

— Voilà qui est original comme cartes de visite, j'espère que personne ne va se moucher dedans !

Juliette rougit. Françoise n'avait visiblement pas été informée qu'elle n'était pas vraiment traiteur à domicile, mais vendeuse au chômage de produits d'entretien pour entreprises.

Alors qu'elle était en train de finir de remplir le lave-vaisselle avec Marie, deux des invités vinrent dans la cuisine pour la féliciter et la remercier. Elle passa un dernier coup d'éponge sur la table, dit au revoir à Françoise, ravie, qui promit de la rappeler après les vacances de Noël pour une autre soirée. Ça faisait des semaines que Juliette avait l'impression de tout rater et pour la première fois depuis longtemps, elle sentit une petite bulle de fierté gonfler au creux de son estomac. Elle rentra se coucher le cœur presque léger.

16.

LES PEINES DE CŒUR DE VITTORIA CASTELLINI

La porte de l'entrée claqua et le bruit sec des talons de Chiara sur le parquet se fit entendre. Ce n'était pas normal qu'elle rentre aussi tôt.

Juliette inventoriait les piles de vêtements pliés avec soin sur son lit. Elle avait l'impression d'avoir oublié quelque chose, mais quoi ? Elle avait bien emporté tous ses maillots de bain : le nouveau Eres rouge vif (cadeau de Noël avant l'heure de Chiara qui arrivait à avoir les plus belles marques aux prix les plus exaspérants) et ses treize anciens maillots, y compris le rose pâle tellement usé et détendu qu'il en était devenu transparent, mais n'en restait pas moins indispensable, trois paréos, cinq paires de sandales, dont deux à talons hauts, des tongs, de la crème solaire protection cent, de la crème solaire protection soixante, de la crème solaire protection cinquante, de l'antimoustique (même s'ils prétendaient sur Internet qu'il n'y avait rien à craindre), de la crème solaire protection huit, une pharmacie complète bourrée d'Immodium, de pansements, de Biafine et d'Actifed (jugés inutiles par le guide, mais mieux vaut prévenir que guérir). Elle avait des sous-vêtements, un pyjama, quelques livres, son passeport, sa trousse de toilette, trois paires de lunettes de soleil et un immense chapeau de paille, qu'elle porterait sur la tête dans l'avion pour qu'il ne s'abîme pas dans sa valise. Elle était terrifiée et n'avait aucune envie de partir. Seule la perspective de revoir Nicolas dont elle n'avait aucune nouvelle depuis trois semaines la retenait de feindre une crise d'appendicite aiguë et de tout annuler.

— Salut *bella*, dit Chiara en ouvrant la porte et elle s'arrêta net. Je ne savais pas que tu partais six mois en trek en Inde...

— Arrête, c'est pas drôle, tu sais très bien que ça m'angoisse.

Chiara désigna les trois boîtes d'Immodium.

— Tu vas dans un cinq étoiles, pas dans une auberge de jeunesse au fin fond du Mexique.

Juliette haussa les épaules, Chiara décala une pile de shorts pour s'asseoir sur le bord du lit.

— J'ai une mauvaise nouvelle, dit-elle.

Juliette, qui était en train de transvaser une pile de tee-shirts du lit à sa valise, interrompit son geste.

Les yeux verts de Chiara avaient perdu toute trace de malice.

— Qu'est-ce qui se passe ?

— *Mama* est à l'hôpital, elle a fait une crise cardiaque.

Juliette porta la main à sa bouche.

— Merde. C'est grave ? Elle va bien… ?

— Non, ce n'est pas très grave, le danger est passé. Il faut juste qu'elle fasse un peu plus attention à ce qu'elle mange et qu'elle ne s'épuise pas au travail.

— Tu as dû avoir tellement peur, ma pauvre… dit Juliette en lui passant le bras autour des épaules.

— Oui, j'y ai passé l'après-midi, bref… ce n'est pas ça, c'est juste qu'ils vont la garder quelques jours et Noël est dans trois jours, mon frère ne peut pas rentrer de Turin et je ne peux pas la laisser toute seule à l'hôpital dans cet état…

— Bien sûr, je comprends, il n'est pas question que tu partes.

Chiara poussa un soupir de soulagement et son visage se détendit un peu.

— Tu ne m'en veux pas ?

— Non, bien sûr que non, c'est normal, murmura Juliette en contemplant d'un air perdu ses piles de vêtements et de médicaments.

Elle proposa de rester, elle aussi, pour soutenir Vittoria, mais Chiara refusa catégoriquement son aide.

— Écoute *bella*, c'est le destin, je sais que c'est flippant pour toi, mais la terre entière rêverait d'aller passer dix jours de vacances aux Maldives alors vas-y, profites-en, tape-toi tous les profs de plongée et tous les barmen de l'hôtel et reviens-nous en pleine forme.

La panique à l'idée de partir toute seule envahit Juliette et Chiara poursuivit plus doucement :

— Je donnerais n'importe quoi pour partir à ta place, je te promets que c'est vrai. L'avion, tu auras peur les cinq premières minutes et après le décollage tu oublieras que tu n'es plus sur la terre ferme, crois-moi. Au pire, je te donne un somnifère, tu dors tout le long, et tu te réveilles au paradis.

17.

TOUTE MA VIE J'AI RÊVÉ D'ÊTRE UNE HÔTESSE DE L'AIR

L'aéroport était plein à craquer et Juliette examinait la foule avec stupeur. Les voyageurs avaient l'air heureux, ils traînaient leurs valises d'un pas guilleret vers les comptoirs d'enregistrement. Ils partaient sûrement retrouver leurs familles pour les fêtes de fin d'année. Seule dans l'euphorie générale, son chapeau de paille sur la tête, elle se sentait perdue. Elle aussi aurait voulu partir avec quelqu'un. Elle restait plantée comme un piquet devant le panneau d'affichage cherchant des yeux le vol Qatar Airways pour Doha, priant silencieusement pour qu'il soit annulé.

Elle avait lu une bonne douzaine d'horoscopes, tous issus de sources différentes pour être sûre qu'aucun danger de mort n'était annoncé. Elle qui avait une peur viscérale de l'avion depuis l'enfance espérait survivre à vingt-trois heures de vol en comptant l'escale à Doha. Elle avouait rarement sa phobie, car quand elle en parlait, il y avait toujours un crétin condescendant dans les parages pour lui démontrer qu'elle était ridicule, que statistiquement, elle avait bien plus de chances de mourir d'un accident domestique ou dans un accident de voiture que dans un accident d'avion. Ça avait le don de l'exaspérer. Comme si c'était rationnel. Alors qu'elle voyait les avions fendre le ciel vers des contrées lointaines qu'elle n'avait aucune envie de visiter, Juliette pensait qu'elle n'avait qu'une seule bonne raison de partir et quand la panique se faisait trop forte, elle pensait à Nicolas. C'était pour lui qu'elle partait, pour le reconquérir. Pourtant, malgré tout l'amour qu'elle lui portait et sa volonté indéfectible de ne pas abandonner la lutte, quand elle posa le passeport sur le comptoir, ses mains tremblaient et ses yeux débordaient.

— Bonjour mademoiselle, lui dit l'hôtesse avec un sourire enthousiaste.

Elle prit le passeport de Juliette et entreprit de taper sur son clavier diverses informations mystérieuses, les sourcils froncés et l'air concentré.

— Où est la deuxième personne ? demanda-t-elle sans lever la tête.

— Elle ne vient pas, répondit Juliette, avec l'espoir que les billets ne soient valables qu'à deux et que l'hôtesse lui annonce que son départ était impossible.

— Quel dommage, dit celle-ci en recommençant à taper à toute vitesse, comme si l'absence de Chiara la forçait à modifier toutes les informations qu'elle avait saisies jusque-là. Elle leva les yeux sur le visage angoissé de Juliette et prit sa terreur pour du chagrin.

— Qu'est-ce qui est arrivé à votre compagne de voyage ? demanda-t-elle.

Juliette choisit ce moment stratégique pour éclater en sanglots. Elle entreprit de lui raconter ses déboires entre deux hoquets.

— ... Chômage... larguée... forcée... agence... voyage... absurde... sa mère... l'hôpital... toute seule... Maldives...

L'hôtesse ne comprit pas un traître mot, mais lui tendit un mouchoir avec une moue apitoyée.

— Ah je vous plains, c'est affreux. Si ça peut vous consoler, il y a pire : j'ai enregistré un homme quelques minutes avant vous, dont le mariage a été annulé et qui partait seul en voyage de noces !

— J'admets que c'est terrible, renifla Juliette, en plus, c'est la première fois que je prends l'avion, avec la chance que j'ai en ce moment on va sûrement s'écraser dans l'océan.

— Vous savez, statistiquement, vous avez beaucoup plus de chances de mourir d'un accident domestique que dans un accident d'avion, lui répondit l'hôtesse avec obligeance.

— Ça c'est évident, puisque je ne monte jamais dans un avion, marmonna Juliette.

L'hôtesse jeta un coup d'œil aux gens qui s'impatientaient dans la file d'attente, elle hésita un instant, puis, comme sous l'emprise d'une inspiration soudaine, elle se remit à pianoter d'un air triomphant sur le clavier avec l'énergie d'un hyperactif qui a bu une vodka-Redbull. Elle tendit ensuite son billet à Juliette avec un sourire ravi.

— Séchez vos larmes et profitez du voyage, je vous ai surclassée en business !

Juliette se retrouva assise devant la porte d'embarquement deux heures avant le départ. Elle avait passé la sécurité sans encombre, l'agent avait juste étudié avec stupeur le contenu de sa trousse de toilette, qui débordait de médicaments antistress, relaxants, somnifères, mais il n'avait fait aucun commentaire et lui avait souhaité de bonnes vacances avec une expression vaguement inquiète. Juliette inspira un grand coup pour se calmer.

Tout allait bien se passer.

Elle tripotait la fermeture Éclair de son sac, hésitant à prendre un somnifère tout de suite pour être sûre de s'endormir avant même le décollage. Mais le risque de s'assoupir avant de monter dans l'avion la retint. Elle pouvait croiser Nicolas, puisqu'elle ne savait pas quels étaient les cinq jours qu'ils avaient en commun et elle ne voulait pas prendre le risque qu'il la trouve effondrée sur un fauteuil, ronflante, la bouche ouverte sur un filet de bave.

Elle se dandinait sur son siège sans oser aller aux toilettes, de peur qu'on glisse dans son bagage cabine un kilo de cocaïne ou un sac de diamants volés, auquel cas elle finirait sans doute incarcérée à vie dans une prison de Doha. Elle essaya de lire un magazine, le ferma, mâcha un chewing-gum, commença des mots croisés, les abandonna et finit par s'acheter un sandwich pour calmer sa nervosité. Elle avait l'impression d'être là depuis huit heures alors que quarante minutes s'étaient à peine écoulées. Elle avala finalement un comprimé relaxant, ça ne pouvait pas lui faire de mal.

Elle ferma les yeux et réfléchit, Chiara avait élaboré un plan très clair quant aux objectifs de son séjour :

— Le premier soir tu vas au bar, tu bois, tu sautes sur le premier homme potable qui passe et ensuite tu parades à son bras devant cet abruti de Nicolas tout le long du séjour. Ça lui fera les pieds.

Juliette avait demandé comment on faisait pour ramener un type de boîte de nuit et coucher avec lui le premier soir, parce qu'elle ne l'avait jamais fait. Chiara lui avait répondu :

— C'est très simple, il y a trois étapes à suivre : boire, être sublime, reboire, et pas nécessairement dans cet ordre.

Juliette avait enregistré ces précieux conseils, tout en se sachant absolument incapable de les mettre en œuvre. Perdue dans ses pensées, elle commençait à se détendre sous l'effet du cachet quand la voix tomba des haut-parleurs comme un baquet d'eau glacée, invitant tous les passagers du vol à destination de Doha à bien vouloir se rendre en porte 12A pour un embarquement immédiat.

Un steward plutôt bel homme l'accueillit avec une politesse exquise.

— Bonjour mademoiselle, bienvenue à bord, souhaitez-vous que je vous débarrasse de votre manteau ?

Juliette accepta, il l'accompagna jusqu'à son siège, rangea sa valise et son chapeau dans le coffre à bagages et lui dit de ne pas hésiter à l'appeler si elle avait besoin de quoi que ce soit. Les sièges étaient larges et confortables, elle appuya sur un bouton et le fauteuil s'inclina en mode lit. Rougissante, elle le remonta aussitôt. Elle trouva une petite bouteille d'eau sur la tablette entre son siège et celui de son voisin et, dans le vide-poches, une trousse de toilette aux couleurs de la compagnie dont elle fit l'inventaire précis : une brosse à dents, un minuscule tube de dentifrice, un peigne, une crème hydratante, une paire de grosses chaussettes, un masque et des boules Quiès. Elle hésita à prétendre qu'elle ne l'avait pas trouvée pour en demander une deuxième ou à subtiliser celle de son voisin. Une mélodie relaxante et une odeur de menthe fraîche flottaient dans la cabine, les passagers s'installaient autour d'elle. Le premier comprimé ne lui avait fait aucun effet, il était écrit sur la boîte d'attendre au moins quatre heures avant d'en prendre un deuxième, mais elle en avala un autre : ils racontent toujours n'importe quoi sur les notices de médicaments.

18.

THÉORIE DE L'ANTIROMANTISME, PAR L'INCONNU DU VOL QATAR AIRWAYS QR016 (À DESTINATION DE DOHA)

Juliette attacha sa ceinture, vérifia qu'elle était bien ajustée et en bon état, puis elle commença les exercices respiratoires recommandés par sa mère avant le départ.

— Mademoiselle ?

Les yeux fermés, les mains crispées sur les accoudoirs, elle soufflait, inspirait et soufflait à nouveau en gonflant ses joues et sa cage thoracique.

— Mademoiselle ? insista la voix, qui semblait venir de très loin.

Elle ouvrit les yeux, un homme brun d'une trentaine d'années la dévisageait du haut de son mètre quatre-vingt-dix d'un air amusé. Son visage sembla vaguement familier à Juliette.

— On se connaît ? demanda-t-elle.

— Non, mais quand vous aurez terminé votre yoga, pourriez-vous s'il vous plaît ranger votre sac à main ailleurs que sur mon siège, j'ai peur d'être votre voisin et je n'ai pas l'intention de passer le voyage debout.

Juliette le fixa pendant quatre bonnes secondes, elle ne savait pas si c'était le yoga ou l'overdose de calmants, mais elle se sentait complètement dans les vapes. Elle finit par enregistrer sa requête et récupéra son sac.

— Je ne sais pas si vous comptez faire du yoga pendant tout le voyage, continua-t-il tout en rangeant dans le coffre à bagages sa valise cabine et son blouson en cuir, mais c'est très bruyant et la plupart des gens ici ont prévu de dormir.

Malgré les calmants, Juliette eut un sursaut d'irritation.

— Ce n'est pas du yoga, mais des exercices de relaxation ! Puis très digne, elle ajouta : J'ai peur de l'avion.

L'homme s'assit et, en vieil habitué, rangea ses journaux dans le vide-poches devant lui, l'air plus à l'aise dans la business de Qatar Airways que dans ses propres toilettes. Il lui dit sur un ton légèrement sarcastique :

— Au vingt et unième siècle, il y a donc encore des gens qui ont peur de l'avion ? Vous savez que statistiquement, vous avez plus de chances de mour…

— Je sais, l'interrompit Juliette. Le second calmant avait perdu tout son effet. Je n'ai pas dit que c'était rationnel, mais c'est comme ça, j'ai peur. J'ai vingt-huit ans et c'est la première fois que je prends l'avion de ma vie.

Il la regarda comme si elle venait de lui jurer que le poulet au curry était un plat traditionnel suédois et que c'était la chose la plus stupide qu'il ait jamais entendue.

— C'est la première fois que vous prenez l'avion ? Vraiment ?

— Oui, répondit Juliette en croisant les bras d'un air de défi.

Il eut un sourire et ses yeux bruns pétillèrent. Il était mal élevé, mais plutôt pas mal. Exactement le genre d'homme de Chiara : grand brun ténébreux au sourire sympathique, pas beau à proprement parler, mais beaucoup de charme et une sorte de tranquillité virile qui lui donnait un certain charisme. Juliette, elle, faisait plutôt dans le blond romantique ; elle pensa un instant aux yeux bleus et rêveurs de Nicolas et poussa un soupir triste. Son voisin sortit le *Financial Times* de son vide-poches, son regard insistant la mit soudain mal à l'aise.

— J'imagine que vous avez été surclassée ?

Elle rougit ; qu'est-ce qu'il insinuait ? Qu'elle avait l'air d'une beauf qui avait gagné au loto ? Elle chercha quelque chose de cinglant à répondre, mais se contenta d'un « Oui » furieux. Il sourit avec flegme et, sans rien ajouter, déplia son journal et commença à lire. Pour se donner une contenance, elle saisit devant elle les différents prospectus relatifs à la sécurité à bord et commença à étudier la procédure d'amerrissage.

— Vous savez qu'aucun amerrissage n'a jamais réussi ? Sauf un, à New York je crois… Bref, historiquement, presque tous les avions ayant tenté d'amerrir se sont écrasés dans la mer.

L'homme avait à peine levé la tête de son journal et il tourna une page pour montrer que son intervention était terminée et qu'il reprenait sa lecture.

— Vous avez la subtilité d'une moissonneuse-batteuse, répondit Juliette en cherchant des yeux l'hôtesse pour voir si elle pouvait changer de place.

Un homme prit la parole dans les haut-parleurs, ne lui laissant pas le temps de répliquer.

« Mesdames, messieurs, bonsoir, mon nom est Jérôme Guichard et je suis votre chef de cabine. Nous avons le plaisir de vous accueillir à bord de… »

Brutalement, Juliette sentit la panique monter. La voix s'effaça dans un brouhaha, comme un disque qui tourne au ralenti, elle ne comprenait plus les paroles, seul comptait le décollage imminent. Ils allaient s'envoler, quitter le sol dans cet énorme engin rempli de personnes désinvoltes et suicidaires qui semblaient se désintéresser de leur sort. « Veuillez attacher et ajuster votre ceinture de sécurité… » Elle avait envie de vomir et l'impression que tout le monde l'observait, que les parois de l'appareil se resserraient, prêtes à l'écraser. Peut-être qu'elle pouvait encore descendre, c'était sa dernière chance, il fallait qu'elle descende, elle le savait, elle était en danger. Elle n'aurait jamais dû avaler ce second calmant, elle voulut se lever, mais elle était tétanisée, incapable de remuer le petit doigt, ses membres en coton ne répondaient plus. Elle ferma les yeux et expira doucement par la bouche. Les membres du personnel navigant commencèrent à expliquer les consignes de sécurité. Elle se força à suivre sur l'écran les gestes de l'hôtesse qui, d'un sourire qui se voulait rassurant et qui ne réussissait qu'à terrifier davantage Juliette, indiquait comment placer le masque à oxygène sur son visage. L'avion roulait maintenant vers la piste de décollage. Au bout d'un moment, elle réalisa que son voisin avait posé son journal sur ses genoux et la dévisageait, l'air inquiet.

— Vous êtes livide, constata-t-il, vous ne risquez rien vous savez, si vous pensez aux centaines d'avions qui décollent tous les jours de tous les aéroports du monde, et le nombre de fois où vous avez entendu parler d'un accident aux informations, vous réaliserez qu'il n'y a quasiment jamais d'accident.

— Je veux descendre, murmura Juliette.

Il détacha sa ceinture et se leva.

— Ne bougez pas, dit-il, je reviens tout de suite.

Elle regretta presque qu'il soit parti, sa présence avait quelque chose de réconfortant. Elle referma les yeux, les mains crispées sur les accoudoirs.

— Tenez.

Elle entrouvrit ses paupières, il se tenait devant elle, debout, comme si c'était normal, alors qu'il aurait dû être assis et attaché. Il ignora l'hôtesse qui le somma de se rasseoir immédiatement et tendit à Juliette un verre dans lequel un liquide aux reflets dorés oscillait au rythme des vibrations.

— Whisky, ça vous fera du bien.

Juliette lui arracha le verre des mains et l'avala cul sec. Il sourit et se rassit sans rien dire.

L'avion prit une grande accélération qui la colla au dossier de son fauteuil. Instinctivement, elle s'empara de la main la plus proche, à savoir celle de son voisin, et la serra à la broyer. L'avion décolla et la sensation d'accélération disparut. Elle essayait de ne pas vomir le scotch et pensait à Nicolas, ses yeux clairs, sa voix grave et rassurante, pour oublier où elle était. Au bout d'un moment dont elle aurait été bien incapable de dire s'il avait duré une minute ou une heure et demie, l'avion se stabilisa ; elle ouvrit un œil, puis deux.

— C'est bon ? Je peux récupérer ma main avant qu'elle ne soit complètement atrophiée ?

— Excusez-moi, balbutia Juliette.

Elle se sentit ridicule et incomprise. Les passagers qui l'entouraient lisaient, allumaient leur écran ou dépliaient leur couverture pour dormir, comme s'ils étaient dans leur salon et que ça ne leur posait pas le moindre problème d'être à des milliards de kilomètres au-dessus du sol. À côté d'elle, l'homme reprit sa lecture et l'hôtesse circula dans les rangs pour demander s'ils avaient choisi un plat sur le menu. Juliette entreprit de sélectionner un film sur son écran qui se dédoublait de manière inquiétante. Sa tête tournait et son corps était parcouru de frissons nauséeux. C'était l'alcool, les calmants ou l'altitude, voire les trois, mais tout tanguait joyeusement autour d'elle et elle commençait à se sentir légèrement euphorique.

L'hôtesse proposa des boissons, Juliette demanda un verre de vin, elle était en vacances après tout, il fallait en profiter et puis Chiara lui avait recommandé de boire, elle ne faisait que mettre ses sages conseils à exécution.

— Après le scotch, vous ne devriez pas, lui dit son voisin, imperturbable derrière son journal, l'alcool monte vite avec l'altitude, vous allez être saoule.

Juliette avala une gorgée de vin.

— Votre maman ne vous a jamais dit de vous mêler de ce qui vous regarde ?

— Ça me regarde, évidemment, je n'ai aucune envie que vous me vomissiez dessus pendant le trajet ou que vous vous mettiez à avoir l'alcool triste. Mais vous avez raison de blâmer ma mère, elle a vu qu'il y aurait trop de travail et elle a mis les voiles il y a bien longtemps.

— Je la comprends, j'aurais fait pareil à sa place.

À peine les mots furent-ils sortis qu'elle se mordit les lèvres. C'était gratuit et méchant, elle maudit le mélange calmants-alcool qui la faisait parler sans réfléchir. Il haussa un sourcil ironique, étonné par cette attaque injustifiée. Juliette tenta vainement de se rattraper.

— Je suis désolée, je n'aurais jamais dû dire ça, c'était complètement déplacé et…

Il l'interrompit :

— Comment vous appelez-vous ?

— Juliette.

— Ça vous va comme un gant.

Elle ne savait pas trop si c'était un compliment ou une insulte.

— Et vous ?

— Pourquoi avez-vous besoin de savoir mon nom ? Vous essayez de me draguer, c'est ça ? Je n'ai aucune envie de me faire draguer dans l'avion.

Ses yeux sombres pétillaient de nouveau.

— Mais… mais c'est vous qui me demandez… vous êtes ridicule, se reprit Juliette qui sentait ses joues s'enflammer. Je préférerais finir vieille fille avec quinze chats plutôt que de vous draguer, dans l'avion ou ailleurs.

Il éclata d'un rire joyeux, puis il se tourna vers l'hôtesse qui apportait les plateaux-repas et déplia sa tablette pour qu'elle y dépose le sien.

Juliette avait la tête qui tournait de plus en plus. Son humeur passait de manière imprévisible d'un extrême à l'autre en l'espace de quelques secondes.

— Vous allez où ? demanda-t-elle, voyant qu'il avait replié son journal pour dîner. Ça la rassurait de lui parler, ça l'aidait à oublier qu'elle était en danger de mort. Il eut une infime hésitation avant de répondre.

— Aux Maldives.

— Comme moi. Qu'est-ce que vous allez faire aux Maldives ?

— De la plongée, répondit-il. Et vous ?

— Je pars en vacances. Je n'étais jamais sortie de France avant, ajouta-t-elle. En le disant elle eut un peu honte. Ce n'était pas si terrible finalement, ce voyage.

— Vous partez toute seule ? Il la fixait avec curiosité.

Le mélange vin-calmants-altitude aidant, elle poussa un gros soupir, reposa sa fourchette et entreprit de tout lui raconter. Nicolas, la rupture, son job, la scène de l'agence de voyages et son moment de folie où elle avait signé le chèque. Elle lui parla même du plan de récupération de Nicolas et des conseils de Chiara. C'est fou ce qu'elle devenait sociable et bavarde quand elle était ivre et droguée.

— Je vois que vous appliquez avec beaucoup de sérieux les conseils de votre amie italienne en ce qui concerne la maintenance d'un taux d'alcool élevé pour mieux séduire les mâles qui vous entourent, conclut-il à la fin du récit. Il avait écouté avec attention, posant même quelques questions de temps à autre.

— Vous pensez que ça marche ? demanda Juliette en le regardant fixement. Qu'en rendant quelqu'un jaloux on peut le récupérer ?

Il la regarda, faussement terrifié.

— Ne comptez pas sur moi pour exciter la jalousie de votre ex, je vous ai déjà dit que je n'étais pas intéressé.

Elle leva les yeux au ciel.

— Non, mais franchement en tant qu'homme, qu'est-ce que vous pensez de cette stratégie ?

Il resta pensif quelques instants, le temps de terminer son assiette.

— J'imagine que dans certaines circonstances ça peut marcher. Si ça fait longtemps que vous êtes avec quelqu'un, c'est une manière de lui rappeler que vous pouvez plaire à d'autres et donc à lui. Mais je pense aussi qu'on ne devrait pas avoir recours à ce genre de stratagème dans un couple. Il faudrait pouvoir être sincère sans avoir à élaborer de stratégie.

— C'est vrai, répondit Juliette, c'est ce que je faisais avec Nicolas, mais ça n'a pas marché.

— Peut-être que si ça n'a pas marché, c'est qu'il ne vous méritait pas.

Juliette éclata de rire.

— Nicolas ? Il ne me méritait pas ? C'est plutôt l'inverse, en fait, ça n'a pas marché parce que je n'étais pas assez bien pour lui.

— Je ne suis pas d'accord. Si je résume bien, vous êtes partie à l'autre bout du monde et vous affrontez votre plus grande peur par amour pour lui qui vous a trompée avant de vous larguer quelques jours après votre licenciement... Vous pensez vraiment qu'il est trop bien pour vous ?

— Il ne m'a peut-être pas trompée, dit Juliette, vexée. C'est juste qu'il est tellement brillant, cultivé et...

— Connaître Socrate n'a rien à voir avec tout ça et est-ce que vous pensez vraiment qu'il partirait en vacances aussi loin et aussi longtemps avec quelqu'un qu'il a rencontré il y a un mois ? l'interrompit-il avec l'air affligé d'un instituteur devant un enfant qui viendrait de lui demander en quelle année Baudelaire a peint *La Joconde*.

Juliette fronça les sourcils.

— Il est romantique, il est capable de partir sur un coup de tête.

— D'après le portrait que vous me faites, il est plutôt du genre à ne pas prendre beaucoup d'initiatives, romantique ou pas. À part, bien sûr, continua-t-il en enfournant un énorme morceau de pain dans sa bouche, celle de vous larguer au moment le pire de votre vie, ce qui fait de lui un rustre sur qui on ne peut pas compter et qui donc, C.Q.F.D., ne vous mérite pas.

Juliette, jouait avec sa blanquette de veau, c'était meilleur que ce à quoi elle s'attendait, mais elle n'avait pas faim.

— De toute façon, je ne cherche pas un romantique, dit-elle tristement. Ce n'est pas pour ça que je l'aime.

Il souffla en levant les yeux au ciel.

— Vous êtes, au contraire, d'un romantisme qui frise la niaiserie. Honnêtement, votre copain est un salaud et un lâche, qui vous a traitée d'une manière honteuse, et à l'heure actuelle, vous devriez être sur Tinder en train de trouver un autre pigeon sur qui mettre le grappin. Au lieu de ça, vous videz votre compte en banque et vous le prenez en filature jusqu'aux Maldives en prévoyant de faire vos griffes sur le premier pauvre type qui aura le malheur de croiser votre chemin dans le but égoïste de rendre votre ex jaloux.

— Je ne mettrai pas vraiment le plan à exécution… et puis c'est une idée de Chiara, pas de moi.

— De toute façon vous allez vite déchanter, dans la mesure où aux Maldives, comme vous ne tarderez pas à le constater, il n'y a que des amoureux en voyage de noces et pas un seul célibataire.

— Ça y est, j'ai de nouveau envie de vous frapper, répondit Juliette en se servant d'eau, je ne sais pas comment vous faites, ça fait une heure que je vous connais et je peux d'ores et déjà affirmer que vous êtes la personne la plus exaspérante que j'aie jamais rencontrée.

— Je vous dis la vérité, pour votre bien. Cessez d'être romantique, soyez pragmatique et ça ne vous arrivera plus de vous retrouver ruinée dans un avion en direction d'une plage où vous allez passer dix jours en dépression à regarder des amoureux se rouler des pelles, pendant que vous serez seule à lire votre *Elle* en imaginant des retrouvailles merveilleuses avec votre Nicolas qui n'arriveront pas parce qu'il sera en train de batifoler avec votre copine Chloé qu'il a draguée sous votre nez pendant un an.

— Ce n'est pas ma copine, je ne suis pas romantique et vous, vous êtes cynique, répondit Juliette.

— Très bien, vous n'êtes pas romantique. Quelle est donc pour vous la description de la soirée idéale ?

Juliette haussa les épaules.

— Je ne demande pas grand-chose, juste de rentrer le soir chez moi de temps en temps et qu'il ait pris la peine de préparer quelque chose, n'importe quoi, même des lasagnes Findus surgelées, parce qu'il se serait dit que j'étais peut-être fatiguée.

— Des lasagnes surgelées ? Vous êtes sérieuse ?

— C'est l'intention qui compte, non ? Évidemment, s'il y avait des pétales de roses tout le long du chemin jusqu'à la cuisine et Louis Armstrong en fond sonore, ce serait mieux, mais je ne demande même pas ça, juste les lasagnes, ça me suffirait. Et même ça, c'est trop vous demander, vous êtes tous les mêmes de toute façon, vous ne…

— Ah non, ne commencez pas avec les discours antihommes, la coupa-t-il la bouche pleine, ça ne m'intéresse pas. Des lasagnes Findus ? Vraiment ? OK, vous avez gagné, vous n'êtes pas romantique, vous visez même très bas. En tant que non-romantique, vous devriez comprendre que si votre ex est parti, c'est que c'était le destin, il est tombé amoureux. Ça n'a rien à voir avec vous. Ne vous mettez pas dans la tête que ce crétin était trop bien pour vous. Il faut que vous passiez à autre chose ou vous finirez en effet vieille fille avec quinze chats, à cracher sur tous les hommes de la planète. La bonne nouvelle étant que vous pourrez tout de même vous faire des lasagnes surgelées.

— Ne le traitez pas de crétin, soupira Juliette, et je finirai peut-être vieille fille avec des chats, mais vous vous finirez obèse, avec tout ce que vous vous empiffrez.

Elle avait une boule dans la gorge. Il avait raison. Nicolas l'avait sûrement trompée, il lui avait peut-être menti pendant des mois, il ne l'avait jamais rappelée pour savoir comment elle allait ni même demandé si elle avait retrouvé un travail. Il l'avait abandonnée du jour au lendemain sans un regret. Son interlocuteur vit ses yeux se remplir de larmes et son ton s'adoucit.

— Je ne voulais pas vous faire de peine, je plaisantais. On ne sait jamais, vous savez, vous allez peut-être le récupérer votre Roméo, la vie est imprévisible pour ces choses-là.

Juliette hocha la tête et ravala ses larmes, elle se sentait idiote et fatiguée. L'hôtesse revint prendre les plateaux vides et servit le dessert. Juliette refusa, elle n'avait pas faim. Son voisin demanda s'il pouvait manger son fondant au chocolat, elle acquiesça. Elle allongea ensuite son siège, plaça le masque sur ses yeux, ses boules Quiès dans ses oreilles et remonta la couette au-dessus de sa tête. Bercée par les mouvements de l'avion, elle finit par s'endormir.

Elle se réveilla pour le petit déjeuner. Dehors, le soleil brillait, ils allaient bientôt atterrir à Doha. Devant elle, sa tablette était dépliée, un jus d'orange frais, un thé, des viennoiseries et des fruits l'attendaient.

— Je vous ai pris du thé, déclara son voisin en enfournant dans sa bouche un énorme morceau de croissant recouvert de confiture, je me suis dit que vous étiez suffisamment excitée comme ça hier soir et que vous n'aviez pas besoin de café.

— Merci, bâilla Juliette, à qui sa migraine rappelait le mélange alcool-calmants de la veille. Elle redressa son siège, retira son masque du sommet de sa tête. Elle devait avoir une coiffure et une haleine atroces, mais c'était le cadet de ses soucis. Elle n'avait presque rien mangé la veille et elle dévora tout le contenu du plateau en silence.

— Vous avez bon appétit ce matin, dire que je comptais récupérer votre muffin… Mais je vois que vous n'en laisserez pas une miette. À quelle heure est votre correspondance pour Malé ?

— J'ai huit heures d'attente, répondit Juliette.

— Huit heures d'attente ? Il rit. Vous ne savez donc officiellement pas prendre un billet d'avion.

— C'est l'agence qui l'a pris, répondit Juliette, pas suffisamment réveillée pour se vexer.

— Moi j'ai moins d'une heure d'attente, dit-il, fier de lui comme un petit garçon qui a bien fait ses devoirs.

— Tant mieux pour vous, dit Juliette en espérant qu'il raterait sa correspondance.

Mais ils arrivèrent bien à l'heure. Le visage collé au hublot, Juliette regardait l'eau turquoise, les gratte-ciel qui se dressaient au milieu du désert. Doha était une ville de verre au milieu de nulle part.

Quand elle sentit l'avion descendre et qu'il y eut quelques turbulences, elle s'empara à nouveau de la main la plus proche.

— Pas de problème, je vous autorise à me broyer de nouveau la main de vos mains moites en cadeau d'adieu, grommela son propriétaire.

L'atterrissage, finalement, fut supportable. Le choc des trains sur la piste la secoua un peu, mais sans plus.

À la sortie de l'avion, elle dit au revoir à son compagnon de voyage.

— Vous êtes très bien coiffée, lui dit-il d'un ton railleur en lui serrant la main.

— Vous êtes très désagréable, lui répondit-elle sur le même ton, sans pouvoir retenir un sourire.

Il rit et continua sur un ton plus sérieux.

— Passez de bonnes vacances, n'ayez plus peur de l'avion et ne courez pas trop après votre crétin.

— Nicolas n'est pas un crétin, lui répondit-elle avec une moue boudeuse.

— Oui, voilà, Nicolas, un nom commun pour un homme commun.

— Vous aussi, bonnes vacances, ne torturez pas trop vos voisins de table ou vous ferez fermer l'hôtel.

— Au revoir Juliette – il lui fit un clin d'œil –, je ne voudrais pas rater mon avion, après je me retrouverais dans le vôtre et je perdrais définitivement l'usage de ma main gauche.

— Au revoir ! Attendez, c'est quoi votre nom au fait ?

— Mark, lui cria-il sans se retourner. Et il leva le bras en signe d'adieu.

Elle le regarda disparaître dans la foule, son blouson en cuir sur le bras. Il portait un jean délavé mais bien coupé et une chemise bleue plutôt classique. Elle se demanda où elle avait pu le croiser, elle était sûre de l'avoir déjà vu quelque part.

19.

RENCONTRE AVEC LE TROISIÈME TYPE DU SERVICE BAGAGES DE L'AÉROPORT INTERNATIONAL DE MALÉ, RÉPUBLIQUE DES MALDIVES

Pendant de longues heures, Juliette arpenta les boutiques hors taxes, trouvant affreux de devoir manquer toutes ces bonnes affaires sous prétexte qu'elle n'avait plus de salaire. Elle attrapa sur une étagère l'Essence Cristalline Dermo Caviar de La Prairie, qui aurait réveillé la luminosité de sa peau pour seulement deux cent trente-six euros, la reposa à regret pour se mettre à la recherche d'une connexion Internet. Elle avait deux e-mails d'expéditeurs inconnus, qui lui écrivaient qu'elle leur avait été chaudement recommandée et lui demandaient l'adresse de son site Internet pour accéder à ses menus. Il lui arrivait de penser qu'à quatre cent cinquante euros la soirée, être traiteur à domicile lui rapporterait autant, voire plus que son ancien poste de commerciale. Et parfois l'envie folle lui venait, bien qu'elle n'ait osé l'avouer à personne, de ne pas chercher du travail tout de suite, mais d'essayer plutôt de trouver de nouveaux clients, de déposer un nom d'entreprise et de se mettre à faire la cuisine du matin au soir. L'idée lui trottait dans la tête. Quand elle l'oubliait, elle revenait avec la persistance du moustique qui tourne autour du dormeur les nuits d'été. Elle la chassa et poursuivit la lecture de ses e-mails. Aucune réponse de Caroline au mail de Joyeux Noël qu'elle lui avait envoyé avant le départ ; elle devait être avec sa famille pour les fêtes. Elle ouvrit un message de sa mère qui lui souhaitait bon voyage et lui recommandait, comme quand elle avait six ans, de garder un tee-shirt pour se baigner à cause du soleil. Le dernier mail était plus intrigant. Il avait été envoyé par Christelle Crogue, la comptable de CleanOffice. Elle lui écrivait sur un ton étonnamment aimable de la rappeler au plus vite. Juliette hésita, puis l'effaça. Après tout, elle était en vacances.

L'attente lui parut interminable et quand enfin elle embarqua, elle regretta presque l'absence de Mark. La femme à côté d'elle n'avait pas l'air d'avoir envie qu'on lui tienne la main. Juliette se contenta de fermer les yeux et de s'accrocher aux accoudoirs avec l'énergie du désespoir. L'avion était plus petit, il se laissait malmener par les turbulences. Elle se mit à respirer très fort par le nez pendant que la femme qui mangeait des pistaches la regardait avec étonnement. Elle finit par rouvrir les yeux après un long somme et osa regarder par le hublot. Elle savait bien que l'océan Indien était turquoise. Tout le monde le sait, mais dire que l'océan Indien est turquoise, c'est comme comparer un toast de foie gras à un sandwich au pâté. Ce qu'elle voyait, ce n'était pas turquoise, c'était une mer aigue-marine plate comme une nappe, sur laquelle se détachaient des taches vert d'eau, aux dégradés différents de vert et de bleu en fonction de la profondeur des bancs de sable. Des centaines de petites îles blanches, dont certaines ne devaient pas faire plus de quelques mètres carrés, se détachaient sur la mer chatoyante. Les rayons du soleil balayaient la surface et jouaient avec les couleurs de l'eau. Des bateaux de pêche, minuscules au milieu de l'océan, paressaient au soleil.

Durant les quelques minutes qui précédèrent l'atterrissage, une secousse brutale la sortit de sa contemplation. Elle dut à nouveau supporter les turbulences, les yeux fermés et les mains crispées sur les accoudoirs et sa voisine qui croquait ses pistaches en la fixant avec l'intérêt fasciné d'un touriste en train de regarder un singe au zoo de Vincennes. Quand enfin elle descendit saine et sauve de l'avion dans le petit aéroport de Malé, Juliette eut une sensation proche de celle que doit ressentir un navet qu'on jette dans une Cocotte-Minute. La chaleur moite la prit à la gorge. Les passagers traversèrent à pied la petite piste d'atterrissage jusqu'à un bâtiment blanc recouvert de tôle ondulée aux allures de préfabriqué, sur lequel était écrit avec prétention « Malé International Airport ». Pas de climatisation. Tout le monde s'agglutina autour de l'unique tapis à bagages qui se mit en marche en gémissant. Juliette dégoulinait de sueur. Son manteau, son pull et son écharpe pesaient sur son bras, elle sentait ses pieds cuire à l'étouffée dans ses bottines d'hiver. Quelques voyageurs à la prévoyance germanique avaient échangé leurs chaussures de ville contre une paire de tongs qu'ils avaient sortie de leur bagage à main et regardaient les autres avec condescendance. Les valises commençaient à tourner, les chanceux qui avaient déjà récupéré la leur se dirigeaient vers la sortie. Au bout de quarante minutes et huit passages d'un sac à dos Hello Kitty rose, dont visiblement personne n'assumait la propriété, les derniers compagnons de voyage de Juliette partirent avec leurs valises et le tapis roulant s'arrêta dans un hoquet.

Résignée, elle s'approcha de l'unique comptoir où un employé regardait dans le vide. Elle lui expliqua que sa valise n'était pas là. Il lui répondit avec un immense sourire qu'il savait, mais qu'elle ne devait pas s'inquiéter car sa valise était en lieu sûr à l'aéroport de Doha qu'elle n'avait jamais quitté et qu'on l'avait appelé pour le lui dire avant même qu'elle n'atterrisse. Juliette se demanda pourquoi il n'avait pas fait un appel pour le lui signaler quarante minutes plus tôt, mais désarmée devant son sourire radieux, elle se contenta de s'enquérir en soupirant de quand elle pourrait récupérer sa valise.

Il lui répondit qu'elle arriverait peut-être le lendemain et que si elle donnait l'adresse de son hôtel, on la lui ferait porter.

Un Maldivien l'attendait à la sortie avec une pancarte. Elle lui dit bonjour, elle avait rarement été aussi contente de voir quelqu'un. Elle allait enfin pouvoir se détendre. Il s'étonna de ce qu'elle voyageait léger, elle hocha la tête sans répondre, mieux valait sourire bêtement que de se lancer dans des explications compliquées. Ils montèrent dans un bateau pour rejoindre l'hôtel. Elle regardait la mer, les reflets bleus, les petites îles désertes, les bancs de sable et le ciel vide à l'infini et réalisa que ça valait la peine d'affronter l'avion deux fois de suite, de vider son compte en banque après avoir été licenciée et larguée, ne serait-ce que pour voir ça. Elle oublia un instant sa valise pleine d'antimoustique et de crèmes solaires pour regarder la mer, et pour la première fois depuis des semaines, elle se sentit presque bien, même sans Nicolas.

Arrivée sur l'île, elle enleva ses chaussures avant de descendre, le sable était chaud sous ses pieds nus. À la réception de l'hôtel, un comptoir sous un toit de paille, on la fit asseoir sur un canapé moelleux aux coussins blancs. On lui apporta un cocktail de fruits frais, qu'elle but à petites gorgées en remplissant le formulaire d'arrivée. La mer transparente montait sur la plage en vagues douces sous le soleil cuisant et se fondait avec le sable dans un clapotis mélodieux. L'eau laissait une trace humide et lisse où on avait envie de poser ses pieds nus. Le long de la rive, les bungalows aux toits de chaume donnaient directement sur la plage, isolés les uns des autres dans des écrins de verdure. Une végétation foisonnante de cocotiers, d'arbres à pain et de figuiers des banians offrait aux baigneurs après la plage un îlot de fraîcheur rempli de chants d'oiseaux. Une Maldivienne en habit local et au sourire doux comme du lait de coco vint lui présenter l'hôtel, le spa en plein air et ses soins relaxants dernier cri, le restaurant sur la plage et les activités diverses et variées : promenade en bateau, visite d'îles aux alentours, plongée, etc. Juliette écoutait d'une oreille distraite et souriait sans cesse. Ses pas légers sur le sable laissaient entendre un son feutré sur le sentier bordé de buissons fleuris. Elles arrivèrent à son bungalow caché sous les feuilles de cocotiers, la jeune femme ouvrit la porte et lui céda le passage.

Dans la pièce principale, aux murs lisses et crème, le lit en bois de rose était recouvert d'une moustiquaire vaporeuse qui tenait plus d'un baldaquin du château de Versailles que d'une protection anti-insectes. Les draps étaient parsemés de pétales de roses et de coussins moelleux, Juliette avait envie de s'y jeter les yeux fermés. La pièce avait été meublée avec goût par un décorateur d'intérieur qu'on avait convoqué exprès de Londres : un canapé douillet à côté de la fenêtre, une armoire sculptée en bois exotique et une table sur laquelle reposaient une coupe de fruits frais et un message de bienvenue du manager. La porte-fenêtre à l'opposé de l'entrée était ouverte et donnait sur la plage, la brise tiède portait dans la chambre un parfum de sel et de fleurs d'hibiscus. On apercevait la mer à quelques mètres et un hamac, attaché entre deux palmiers. Deux chaises longues vides faisaient face à l'océan turquoise.

Juliette prit une douche fraîche, un pan de mur de la salle de bains était ouvert sur l'extérieur et elle entendait le murmure des vagues et le chant des oiseaux. Sa trousse de toilette perdue ne lui fit pas défaut car tout était fourni par l'hôtel. En revanche, il lui faudrait acheter de quoi tenir jusqu'au lendemain, sous peine de passer vingt-quatre heures nue sous son peignoir.

Elle ressortit de la boutique de l'hôtel avec une culotte, un maillot de bain, un paréo, une robe pour se rendre au restaurant et un tube de crème solaire. Elle hésita à prendre une paire de tongs, mais tous ceux qu'elle avait croisés, clients et employés, marchaient pieds nus. En retournant à son bungalow, elle ne vit que des couples. Elle gardait un œil ouvert, espérant ne pas apercevoir la silhouette de Nicolas. Elle n'était pas vraiment à son avantage avec ses habits d'hiver sur le sable ; elle avait l'air autant dans son élément qu'un chat de gouttière dans un aquarium.

Dans sa chambre, elle enfila le maillot de bain qu'elle venait d'acheter et ressortit tout de suite pour profiter du soleil. Elle s'allongea sur la plage juste devant son bungalow et entama *Anna Karenine*, bien décidée à se cultiver ou du moins à prétendre se cultiver si Nicolas lui tombait dessus. Dès qu'elle entendait une voix ou percevait un mouvement, elle levait la tête en sursautant, puis elle reprenait sa lecture, déçue que ce ne soit pas lui. Elle se baigna, l'eau était tiède, elle voyait de temps en temps passer les couples des bungalows voisins. Au bout de l'embarcadère, elle aperçut des plongeurs qui embarquaient sur un bateau à moteur. On lui avait dit que les fonds marins étaient extraordinaires, mais le risque d'accident et l'idée de nager ne serait-ce qu'à trois mètres de profondeur l'avaient déjà dissuadée d'essayer.

En fin d'après-midi, la nuit tomba en douceur sur l'eau claire et elle se sentit fatiguée. Elle retourna dans sa chambre, prit une douche chaude, s'enveloppa dans un peignoir après s'être tartinée de lait après-soleil. Elle appela la réception pour demander si on pouvait lui servir à dîner dans sa chambre et commanda un gaspacho et une salade de crevettes. Quinze minutes plus tard, deux employés aux yeux sombres arrivaient avec un plateau et un sourire. Ils déposèrent avec dextérité les deux assiettes protégées par une cloche en argent sur la table, recouverte comme par magie d'une nappe. En un instant, ils avaient allumé des bougies, ouvert son lit et baissé la moustiquaire. Chacun de leur geste, d'une précision redoutable, dégageait une étrange douceur. Ils ne faisaient pas plus de bruit qu'une souris et ils repartirent aussi vite qu'ils étaient arrivés après un signe de tête respectueux. Juliette se sentit princesse au royaume des Mille et Une Nuits.

Avant de se coucher, en sortant du fond de son sac à main son téléphone portable, elle trouva quatorze appels en absence sur le petit écran. Quatorze appels de Chiara. Sur les messages, elle avait une voix pressante, elle lui disait qu'elle avait appris une information capitale et qu'il fallait que Juliette la rappelle au plus vite, de préférence avant d'arriver à l'hôtel. Après un rapide calcul de décalage horaire, Juliette rappela, mais tomba directement sur la messagerie. Chiara devait être à l'hôpital, d'habitude elle ne coupait jamais son portable. Juliette, un peu inquiète, laissa un message pour lui dire qu'il fallait mieux rappeler sur le téléphone de la réception dont elle lui donna le numéro, elle captait mal le réseau. Elle éteignit la lumière et garda le téléphone allumé sur sa table de nuit, en espérant qu'il n'y avait pas de problème avec Vittoria. Elle n'avait pas éprouvé une seule fois le besoin de consulter son horoscope depuis son arrivée.

20.

RÉFUTATION DE LA TRÈS THÉORIQUE THÉORIE DE LA FIDÉLITÉ CONJUGALE, PAR NICOLAS DOLGIS

Le soleil qui passait à travers les rideaux de coton blanc, le bruit de la mer et le chant des oiseaux réveillèrent Juliette en douceur. Elle paressa un peu puis se leva, enfila son maillot de bain et sa nouvelle robe. Elle se rendit à la réception pour demander si on avait des nouvelles de sa valise. La réceptionniste l'informa qu'on les avait appelés pour leur dire que son bagage était bien arrivé à Malé et serait livré à l'hôtel d'ici quelques heures. Le téléphone derrière elle sonnait depuis une bonne minute, mais elle regardait Juliette avec un air bienveillant, attendant la suite de ses questions. Juliette allait repartir en direction du buffet du petit déjeuner, elle se ravisa et se tourna à nouveau vers la jeune femme.

— Au fait, j'ai des amis qui logent ici, vous ne sauriez pas dans quel bungalow se trouve Nicolas Dolgis par hasard ?

La réceptionniste, toujours indifférente au téléphone qui sonnait depuis la troisième fois en cinq minutes, se mit à taper sur le clavier, les yeux rivés sur l'écran de son ordinateur. À peine Juliette avait-elle posé la question qu'elle la regretta, mais déjà l'employée relevait la tête :

— Voilà ! Nicolas Dolgis et Caroline Arembert, bungalow quarante-six.

Juliette crut qu'elle venait d'être frappée par la foudre. Les vagues et son cœur s'arrêtèrent d'un coup, ses jambes se mirent à trembler. Pendant cinq bonnes secondes elle resta muette, la bouche ouverte, avec l'impression de contempler l'apocalypse en toute impuissance.

— Pardon ? finit-elle par balbutier.

La réceptionniste répéta avec politesse :

— M. Nicolas Dolgis et Mlle Caroline Arembert, bungalow quarante-six. Ça ne va pas, mademoiselle ?

Juliette s'accrocha au comptoir pour ne pas tomber.

— Vous voulez boire quelque chose, mademoiselle ?

La réceptionniste avait l'air franchement inquiète. Le téléphone continuait de sonner et perçait les tympans de Juliette. Un deuxième employé arriva en courant et décrocha. Juliette entendait la conversation de loin, ses oreilles bourdonnaient. La réceptionniste fit le tour du comptoir pour l'aider à s'asseoir. Derrière, elle entendait l'employé en sourdine, comme si elle était immergée dans une baignoire pleine de coton, il hochait la tête avec vigueur.

— Oui, oui, je comprends, patientez un instant, madame.

Entre-temps, on tendait à Juliette, pâle comme la mort, un verre d'eau et on lui apportait une chaise. L'employé au téléphone se tourna vers elle.

— Mademoiselle Charpentier, c'est bien vous ? J'ai ici une personne qui souhaite vous joindre. Elle me dit que c'est une question de vie ou de mort et qu'elle a des informations, je cite, « strictement confidentielles, capitales et politiques ».

— Passez-la-moi, dit Juliette d'une voix vacillante.

— Je me demande si elle n'est pas sous l'emprise d'une substance illicite, marmonna-t-il en lui tendant le combiné.

— Chiara ?

— Juliette ! Enfin ! Je t'ai laissé dix-huit messages, j'ai mis mon réveil à quatre heures et demie du matin pour t'avoir ! J'ai appris quelque chose de catastrophique et de capital.

— Je sais.

La voix de Juliette était pratiquement inaudible.

— Pour Caroline ? Tu sais ? Tu les as vus ? Quelle *puttana*, je le savais, je ne la sentais pas cette pétasse, depuis le début.

Chiara partit dans un monologue d'insultes obscènes, majoritairement en italien, car être grossier en français c'est être vulgaire, mais en italien c'est avoir du caractère. Elle lui raconta qu'elle était tombée sur Chloé dans la rue et qu'elle avait réalisé que si Chloé était à Paris, elle n'était pas aux Maldives et elle lui avait tiré les vers du nez, l'air de rien, en demandant des nouvelles de Nicolas. Chloé avait lâché le morceau avec beaucoup de naturel, pensant visiblement que tout le monde était déjà au courant.

Juliette écoutait d'une oreille, en état de choc. Soudain, tout lui semblait absolument évident. Caroline, qui avait perdu tant de kilos depuis un an, Caroline qui ne répondait presque jamais à ses appels depuis que Nicolas l'avait quittée. Ils se connaissaient depuis si longtemps, s'entendaient tellement bien. Comment avait-elle pu être aussi aveugle ? Aussi stupide ?

Et elle se mit à pleurer.

— *Cara mia*, ne pleure pas pour cette salope, faire ça c'est tellement minable, ils ne méritent pas que tu pleures à cause d'eux…

Mais Juliette n'arrivait plus à s'arrêter. La réceptionniste et l'autre employé avaient l'air aussi désolés que si c'était à eux qu'on avait annoncé la mauvaise nouvelle et lui tendaient des Kleenex qu'elle prenait par poignées. Chiara continuait de soliloquer à l'autre bout de la ligne, expliquait qu'elle n'avait jamais pu encadrer Caroline, qu'elle avait toujours su qu'elle louchait sur Nicolas et que c'était sans importance, car Juliette valait tellement mieux que ces deux abrutis, qu'elle ne savait même pas pourquoi elle perdait du temps à discuter d'eux. Juliette pleurait des hectolitres de larmes, trois ou quatre employés de l'hôtel en uniforme entreprenaient maintenant de la consoler maladroitement tout en se demandant ce qui se passait.

Puis, sortie de nulle part, une voix tomba du ciel :

— Décidément, vous avez décidé de me suivre à la trace. Qu'est-ce qui vous arrive encore ?

L'inconnu de l'avion, Mark, la contemplait avec un air un peu inquiet. En short de bain mouillé, ses cheveux parsemés de sable, il gouttait sans complexe sur le sol impeccable de la réception.

Juliette le dévisagea comme si elle venait de tomber par hasard sur le fantôme de Ben Laden et avant qu'elle ait pu articuler le moindre mot, il s'était emparé du téléphone. Sous l'œil passionné des employés de l'hôtel de plus en plus nombreux et celui, éberlué, de Juliette, il entama une conversation avec Chiara.

— Bonjour, à qui ai-je l'honneur ? Il sourit à Juliette avec un signe rassurant de la main qui semblait dire « Ne vous inquiétez pas, je m'occupe de tout ».

— Ah, l'amie italienne… bien sûr… oui, oui, Juliette m'a parlé de vous… je suis un très bon ami de Juliette… oui, nous partons en vacances ensemble… Hanhan… Mark… comment ça, jamais parlé de moi ? Je suis outré… Je suis son meilleur ami… Oui oui, peu importe, c'est vous qui la faites pleurer comme ça ?… Oh… il fronçait les sourcils, je vois… il hochait la tête et prenait l'air concentré, très bien, très bien… oui… une sacrée salope, comme vous dites… demandé comme ça, difficile de refuser… OK, OK… Ne vous inquiétez pas, j'ai la situation en main.

Entre deux sanglots, Juliette émit un hoquet stupéfait qui ressemblait presque à un demi-sourire et s'arrêta de pleurer.

Mark lui tendit le téléphone.

— Chiara veut vous parler.

— Sans blague, répondit Juliette en lui prenant le combiné des mains.

— Qui est ce type, *cara mia* ?

— Personne, quelqu'un que j'ai rencontré dans l'avion.

Mark leva un sourcil offensé à cette description dépréciative. Les employés, voyant que la situation perdait en intensité, s'éloignaient, un peu déçus que le drame n'ait pas pris plus d'ampleur.

— Il est comment ? demanda Chiara. Célibataire ? Mignon ? Il a l'air fou, mais je ne pense pas que tu puisses te permettre d'être difficile vu les circonstances.

Juliette examina Mark d'un œil morne et répondit dans le téléphone.

— Ça va, correct.

— Correct George Clooney ou correct Elephant Man ? Tu n'as jamais eu des standards très élevés.

Juliette leva les yeux au ciel.

— Je ne sais pas Chiara, correct quoi.

— OK, écoute-moi bien, il ne faut pas que tu te laisses abattre par ces deux *bastardos*. J'ai ordonné à ce type de t'inviter à dîner, comme ça tu n'auras pas l'air d'une idiote toute seule en vacances en train d'espionner ton ex et sa nouvelle copine qui est accessoirement ton ancienne meilleure copine. Tu finiras par les croiser au restaurant et là, tu lui colles une grosse claque en travers de la figure.

— À qui ? À lui ou à elle ? demanda Juliette en reniflant.

— Aux deux c'est l'idéal, sinon, encore mieux, tu lui renverses un truc sur la tête, de préférence un liquide bouillant et visqueux.

Chiara continua pendant un long moment à élaborer tout un projet de vengeance sanguinaire, Juliette hochait la tête, promit de tout mettre à exécution sans en penser un mot et finit par raccrocher après avoir juré de donner des nouvelles et d'appeler immédiatement après le déversement du liquide bouillant et visqueux sur la tête de Caroline, voire, si c'était possible, de prendre une photo ou une vidéo et de l'envoyer par MMS.

Pendant toute cette discussion, Mark, qui s'était assis sur le divan blanc de la réception, faisait mine de lire une revue. Quand Juliette raccrocha il lui dit :

— Vous avez petit-déjeuné ? Je me suis levé à six heures pour plonger et je meurs de faim.

Juliette se moucha un bon coup et répondit :

— J'allais au petit déjeuner et j'ai eu la bonne idée de passer ici avant. Elle lui raconta la gaffe de la réceptionniste.

— Elle a l'air marrante votre copine Chiara. Folle, mais marrante.

— Oui, si vous voulez, je vous la présenterai à Paris.

— Qu'est-ce qui vous dit que mon cœur n'est pas déjà pris ? demanda-t-il, moqueur. Je suis peut-être marié à une riche héritière de trente ans mon aînée qui m'envoie en vacances aux Maldives pour passer tranquillement le cap de la ménopause.

Juliette leva les yeux au ciel, mais ne put empêcher un sourire.

— On va manger ?

— Je dépose mes bouteilles au club, je vous rejoins dans cinq minutes.

Il lui tendit ses lunettes de soleil.

— Mettez ça, on dirait qu'on vient de vous apprendre la mort de votre mère ou que vous êtes méchamment allergique à l'air marin, ça vous va moyen.

Juliette mit les lunettes sur son nez et la voix tremblante lui répondit :

— Ma mère est morte il y a trois mois, je vous remercie de me rappeler cet événement douloureux.

Et elle tourna les talons et s'éloigna rapidement. Cette fois, elle lui avait coupé le sifflet.

21.

ROMÉO ET JULIETTE, REVU ET CORRIGÉ PAR MARK LENAULT

Elle s'assit face à la mer, ses orteils nus griffaient mécaniquement le sable sous la table. Il n'était pas encore dix heures du matin. Les lève-tôt se dirigeaient vers le buffet du petit déjeuner. Sans Mark et ses plaisanteries, elle prenait soudain conscience de la nouvelle qu'elle venait d'apprendre. Parfaitement immobile, un nœud de huit à l'estomac et incapable d'avaler une bouchée, elle restait assise devant sa table vide. Elle se répétait inlassablement *Nicolas et Caroline, Nicolas et Caroline, Nicolas et Caroline…* C'était impossible. Impossible. Sa tête était vide, ses pensées écrasées sous un silence de mort qui se répandait en fourmillements glacés de la pointe de ses orteils au sommet de son crâne et qui, malgré la chaleur, lui donnait la chair de poule. Elle ne bronchait pas, respirait le plus lentement possible, le moindre mouvement de ses membres engourdis risquait de déclencher une catastrophe, un effondrement, une crise de folie meurtrière. C'était comme si un mécanisme de défense s'était enclenché et avait désactivé momentanément sa capacité de réflexion. Elle était passée en pilote automatique.

Mark la réveilla de son état de torpeur en s'asseyant en face d'elle sans y être invité. Il avait l'air embêté.

— C'est vrai que votre mère est décédée récemment ?

Juliette laissa un silence passer, puis elle finit par répondre d'une voix atone.

— Je ne vous le dirai pas, ça vous apprendra à faire des blagues idiotes.

Il soupira, soulagé.

— Ne refaites jamais ça. Si ça avait été vrai, je n'aurais plus jamais osé refaire une plaisanterie.

— Je me demande si ça aurait été une grosse perte.

Mark éclata de rire.

— Très bien, je vous laisse à vos commentaires acerbes et je vais au buffet.

Il revint quelques minutes après, deux assiettes en équilibre sur son bras et deux verres de jus de fruits qu'il tenait dans une seule main.

— Je vous ai pris des choses légères, j'ai remarqué que vous ne saviez pas apprécier ce qui est bon.

Il déposa devant Juliette une assiette avec des fruits, du pain et de la confiture et devant lui-même une montagne calorique constituée d'œufs au bacon, de crêpes, de muffins, de fruits, d'un yaourt, de fromage, de pain et d'autres aliments difficilement identifiables, perdus dans la mêlée et recouverts d'un litre de sirop d'érable. Juliette oublia un instant ses soucis pour l'observer s'empiffrer, intriguée.

— À ce rythme-là, une semaine de vacances sur cette île et vous privez ses habitants de toutes leurs ressources alimentaires. Et ce n'est pas vrai que je n'aime pas ce qui est bon, au contraire, j'envisage même de devenir traiteur à domicile, c'est juste que j'ai trop de problèmes en ce moment pour avoir faim.

— Je pensais au contraire que les filles qui se font larguer s'empiffraient de glace américaine en regardant des comédies romantiques... et aux dernières nouvelles vous étiez commerciale, répondit-il la bouche pleine.

Juliette lui expliqua en deux mots son amour de la cuisine. Mark l'écouta attentivement, s'arrêtant même de manger pendant un temps record d'au moins quatre secondes.

— Pourquoi vous ne faites pas ça plutôt que de chercher un autre job de commerciale ? Vous en parlez avec beaucoup plus de passion que de votre ancien boulot.

Juliette haussa les épaules, elle se força à manger un peu, les fruits étaient fondants et sucrés, le jus était frais, les viennoiseries tièdes, mais elle avait toujours la gorge nouée. Elle lui demanda :

— Vous faites quoi dans la vie ?

Il leva la tête, surpris, et sembla hésiter à répondre.

— Je monte des boîtes par-ci par-là, je suis entrepreneur, finit-il par dire.

— C'est une façon diplomatique de dire que vous êtes chômeur ? demanda Juliette.

— Non, je crée des start-up Internet et quand elles sont lancées je les revends à des fonds d'investissement. Soudain, il lui prit la main et lui fit un sourire angélique.

— Juliette ?

— Quoi ? dit-elle en retirant sa main d'un air offusqué.

— Votre crétin de Nicolas : cheveux filasse, mal coiffé et une peau genre cachet d'aspirine albinos ?

Juliette le regarda, stupéfaite.

— Je n'irais pas jusque là, mais...

— Ne vous retournez pas, il est là, il vous a repéré, il vous regarde comme un débile devant un film de François Truffaut.

Mark, penché en avant, donnait des instructions à voix basse.

— Ne bougez pas, souriez... éclatez de rire... voilà, très bien, préparez-vous, il arrive.

— Il est avec elle ? balbutia Juliette, qui commençait à paniquer.

Mark ne répondit pas et adressa un sourire jovial derrière elle.

— Juliette ? dit la voix incrédule de Nicolas.

— C'est un ami à toi, chérie ? demanda Mark avec un sourire charmeur en caressant la joue de Juliette.

Juliette lui adressa un regard furieux et devint rouge comme une tomate, Nicolas dévisageait tour à tour Juliette et Mark, comme s'il venait de se prendre une noix de coco sur la tête.

— Enchanté, Roméo Montaigu, déclara Mark en serrant vigoureusement la main de Nicolas.

— Nicolas Dolgis, bredouilla Nicolas. Et il se tourna vers Juliette.

— Je croyais… je croyais que c'était annulé.

— Annulé ? Ces vacances exceptionnelles au soleil avec l'amour de ma vie ! déclama Mark avant même que Juliette ait pu ouvrir la bouche pour répondre. C'est une plaisanterie bien sûr.

— Oui… non… je suis partie finalement, dit Juliette.

Puis, à l'entrée du restaurant, souriante et détendue, Caroline apparut. Juliette sentit une douleur sourde dans sa poitrine. Elle nota avec jalousie son bronzage couleur caramel.

Elle avait vraiment maigri cette conasse.

Caroline chercha des yeux Nicolas et l'aperçut de dos, debout à côté d'une table. Elle ne vit pas tout de suite Juliette et s'approcha en souriant.

Arrivée à leur hauteur, elle pâlit et son sourire disparut.

— Juliette ? demanda-t-elle dans une sorte de croassement stupéfait.

— Qui est cette grosse dame, chérie ? demanda Mark avec affabilité. Une amie à toi ?

Caroline le regarda, outrée. Il lui serra la main d'autorité.

— Enchanté, enchanté, si j'avais su que nous tomberions sur les amis de Juliette dans cet endroit paradisiaque… vraiment, quelle heureuse surprise.

Caroline ignora Mark, retira sa main pour la poser sur le bras nu de Juliette qui la repoussa avec une moue dégoûtée.

— Juliette, je voulais te le dire, mais la situation était déjà tellement difficile pour toi…

Juliette la dévisagea avec horreur. Comment osait-elle lui parler ? Elle chercha des yeux quelque chose de bouillant et visqueux, mais il n'y avait rien d'utilisable en vue. Au cas où, elle repéra la carafe de jus d'orange ; elle préférait toutefois attendre la soupe de poisson brûlante pour mettre les ordres de Chiara à exécution.

— Juliette, je suis désolée que tu l'apprennes comme ça, dit Nicolas, je voulais te parler mais…

— Allez-vous-en.

Juliette s'était levée, furieuse, elle retira les lunettes de soleil laissant apparaître ses yeux rouges de chagrin. Sa voix était basse et haineuse, une voix qu'elle ne connaissait pas, qu'elle n'avait jamais entendue.

— Ne me parlez pas. Plus jamais. Ce que vous m'avez fait… ce que vous avez fait, dans mon dos, alors que je vous faisais confiance… Elle ferma les yeux un instant, ne trouvant pas de qualificatif suffisant. C'est, c'est… c'est… ignoble, souffla-t-elle enfin, ignoble.

Nicolas et Caroline la regardaient, l'air désolé.

— Écoute Juliette… commença Nicolas.

Il ne put aller plus loin, car la main de Juliette venait de s'abattre sur sa joue avec la violence d'un boulet de canon. Elle qui n'avait jamais frappé personne de sa vie le gifla tellement fort qu'elle se fit mal à la paume.

Mark, qui s'était renfoncé dans son fauteuil les bras croisés observait la scène avec amusement. Les occupants du restaurant commençaient à se retourner. Un serveur jetait un regard affolé à ses collègues, ne sachant s'il devait intervenir ou pas. Nicolas regardait Juliette la bouche entrouverte, sa main posée sur sa joue qui rougissait peu à peu. Caroline le prit par le bras et sans un mot, ils s'éloignèrent.

Mark rigola doucement.

— Très beau coup, mademoiselle, murmura-t-il. J'espère que vous ne serez jamais en colère contre moi.

Les mains tremblantes, Juliette remit les lunettes de soleil sur son nez et se rassit sans répondre. Il y eut un long silence, puis, d'un seul coup, elle se mit à pleurer. De grosses larmes d'enfant triste roulaient sur ses joues rouges de colère.

Mark ne dit rien. Il prit la main de Juliette dans la sienne et elle ne la retira pas. Les yeux braqués vers le large, vers la mer calme et turquoise et l'ombre des palmiers qui dessinait des motifs sur le sable, incapable de voir quoi que ce soit, elle essayait juste de ne pas s'étouffer dans ses larmes.

— Ça va aller, dit Mark, tout passe, même le pire.

Sa voix grave, sa main chaude sur la sienne et son regard pour une fois dénué de toute malice apaisaient Juliette. Il lui fallut cinq bonnes minutes pour écouler le stock d'eau accumulée, puis peu à peu les sanglots s'espacèrent et diminuèrent avant de se calmer tout à fait.

— Vous pouvez vous moucher là-dedans, dit Mark en lui tendant sa serviette de table, votre copain m'a coupé l'appétit.

22.

VOUS ME PRENEZ VRAIMENT POUR UNE GOURDASSE

Même l'arrivée de sa valise, qu'on vint lui porter dans sa chambre, ne put remonter le moral de Juliette. À la vue de ses robes d'été sélectionnées avec soin dans le but de séduire Nicolas, elle se mit à sangloter de plus belle. Elle ne sortit pas de la journée. Elle n'avait envie de rien, si ce n'est de pleurer toutes les larmes de son corps sur ses draps en percale. Mark lui avait proposé de s'inscrire à la plongée ou de faire une excursion en bateau, mais elle avait refusé. En fin d'après-midi, dans la chambre restée close toute la journée, la chaleur s'était faite étouffante. Elle n'avait pas trouvé la force d'allumer la climatisation.

Juliette avait les joues brûlantes, marquées par les larmes et les plis de l'oreiller. Elle éprouva une légère satisfaction en voyant son visage ravagé par le chagrin dans la glace. Elle aurait voulu que Nicolas la voie dans cet état lamentable et qu'il culpabilise. Elle se rendit toutefois à l'évidence, cela faisait maintenant huit heures qu'elle était seule, enfermée dans sa chambre, et personne n'était venu frapper à sa porte. Tout le monde se contrefichait qu'elle aille bien ou mal, surtout Nicolas qui était sans doute en train de batifoler avec Caroline au bord de l'eau, pendant que Juliette était au fond du gouffre. Elle regrettait de l'avoir giflé, elle ne pourrait plus lui téléphoner pour prendre des nouvelles l'air de rien, elle ne pourrait plus prétendre qu'ils pouvaient rester amis. Elle était à deux doigts de se remettre à pleurer des trombes d'eau quand on frappa à la porte.

Mark se tenait sur le seuil, les mains dans les poches de son jean et les deux premiers boutons de sa chemise blanche ouverts ; il avait pris des couleurs. Son regard flegmatique descendit des cheveux hirsutes de Juliette à sa robe froissée et il sourit.

— Vous ne ressemblez à rien, dit-il en guise de salutations.

— Merci, répondit Juliette, vexée. Décidément vous savez remonter le moral aux gens.

— J'étais venu vous proposer un marché, mais en fin de compte, j'ai changé d'avis.

Il avait l'air agacé et il fit mine de repartir.

Juliette, la main sur la poignée, hésita une demi-seconde, puis elle demanda, intriguée :

— Attendez ! Quel marché ?

Aussi passionnant soit-il de rester allongée sur son lit en se lamentant sur son sort huit heures de suite, elle mourait d'ennui et était prête à entendre n'importe quoi plutôt que de se retrouver à nouveau toute seule à fixer le plafond en pleurnichant.

Mark soupira comme s'il faisait un effort surhumain pour revenir sur ses pas et rentra d'autorité dans la chambre.

— Voilà, dit-il en s'asseyant sur le lit défait sans y être invité. Moi non plus je n'étais pas censé venir seul en vacances.

— Vous deviez venir avec qui ? demanda Juliette, soudain intéressée. Votre copine ?

— Non, un... un ami, bref... toujours est-il que j'ai un cours de plongée pour le passage du PADI, payé d'avance, dont je ne sais que faire puisque j'ai moi-même déjà mon PADI niveau deux, ainsi qu'une réservation déjà payée pour un truc au spa, auquel je n'ai aucune intention d'aller.

— C'est quoi le PADI ?

— Une certification de plongée, un papier qui vous autorise à plonger sans un instructeur.

— Et votre copain, il se fait souvent des soins au spa ? Vous me prenez vraiment pour une gourdasse...

Mark haussa un sourcil impatient.

— Ça ne vous regarde pas et c'est à prendre ou à laisser.

Juliette lui jeta un regard méfiant, puis se laissa tomber dans un fauteuil en osier.

— Vous avez vraiment l'intention de m'offrir tout ça ? Pourquoi ?

— Parce que globalement je vous trouve plutôt divertissante, j'ai passé une journée très ennuyeuse, impossible de faire trois pas sur cette île sans tomber sur un couple d'amoureux qui se regardent avec des yeux de vaches sous LSD...

Juliette leva les yeux au ciel.

— Vous ne comprenez rien à l'amour.

— Oui, c'est ça, et vous, très clairement, vous avez tout compris, mademoiselle lasagnes surgelées et pétales de roses. Enfin c'est comme vous voulez, vous remarquerez que c'est très généreux de ma part, car ça m'oblige à passer un certain temps à vous écouter vous lamenter sur votre ex, et d'un autre côté, ça m'intéresse de voir quelles vont être les prochaines étapes de votre plan machiavélique pour le récupérer, surtout après le pain que vous lui avez collé dans la figure ce matin.

— Mouais... dit Juliette, pas vraiment convaincue.

Mark eut un sourire malicieux.

— OK, j'avoue que votre copine Chiara m'a ordonné de m'occuper de vous, non seulement elle me fait un peu peur, mais en plus elle m'a promis de me présenter ses collègues mannequins chez Dior à Paris... Je suis toujours prêt à rendre service, comme vous avez pu le constater, me voici donc, preux chevalier accourant à votre rescousse.

Juliette ne répondit pas tout de suite, elle réfléchissait. Certes, Mark l'exaspérait souvent, mais parfois, comme ce matin, il était presque gentil. Il était le seul qui ait réussi à la faire sourire depuis des semaines. Que ferait-elle de ces vacances de toute façon si elle restait toute seule ? Elle n'avait pas vidé son compte en banque pour passer dix jours à pleurer sur son lit. Et puis, il n'était pas trop mal avec ses yeux qui pétillaient et son sourire moqueur. Il avait même un certain charme et Nicolas pourrait bien être jaloux...

— Pourquoi pas… finit-elle par dire.

Il eut un sourire triomphant.

— Parfait, c'est réglé.

— Vous avez dû vraiment vous ennuyer aujourd'hui.

— Vous n'avez pas idée… Il y a une condition en revanche : c'est que vous fassiez un petit effort pour avoir une tête potable. La première fois que je vous ai vue, je vous ai trouvée pas trop mal, mais là, on dirait que vous sortez tout droit d'une poubelle radioactive. J'ai fait un effort vestimentaire, moi.

Il désigna d'un geste sa chemise et son jean comme si c'était la dernière création de Karl Lagerfeld.

— Sortez, dit Juliette, vexée. J'étais en train de faire la sieste, c'est tout.

— Vous étiez en train de vous apitoyer sur vous-même, dit-il en se levant. Retrouvez-moi au restaurant dans une heure.

Il sortit en riant et l'irritation de Juliette lui redonna de l'énergie. Elle entreprit de défaire sa valise et de ranger ses affaires dans l'armoire. Elle glissa ensuite la valise vide sous son lit et prit une douche, elle resta longtemps les yeux fermés sous le jet, laissant l'eau détendre ses muscles crispés et défroisser son visage bouffi. Elle se sécha, testa l'huile de l'hôtel, qui sentait la noix de coco, enfila une petite robe en coton noire un peu trop décolletée, mais que Nicolas trouvait sexy. Elle appliqua un soupçon de rouge à lèvres et un coup de crayon noir et décida de laisser ses cheveux sécher à l'air libre, elle n'avait ni l'envie ni le temps de batailler contre ses boucles pendant une heure pour les lisser. Le résultat dans la glace lui parut plutôt satisfaisant.

23.

EMBRASSE-MOI

Elle était en retard. Elle aperçut Mark de loin, il était déjà assis. Plongé dans ses pensées, il ne la vit pas arriver. Pour une fois il ne souriait pas, il avait même un air vaguement abattu. C'était sûr, il était supposé partir aux Maldives avec une femme. Personne ne vient aux Maldives avec « un ami », on y va en couple ou éventuellement, comme elle, pour espionner des couples. Compte tenu de tout ce qu'elle lui avait raconté sur ses propres déboires sentimentaux, il aurait pu se confier à elle. Elle se promit de découvrir le fin mot de l'histoire.

Les tables étaient dressées directement sur la plage, sous une paillote éclairée par des torches plantées dans le sable, le murmure des conversations se fondait dans le bruissement des vagues. Sur chaque table, les lueurs de petites bougies frémissaient à peine dans la nuit chaude. Juliette repéra Nicolas et Caroline qui dînaient de l'autre côté de la salle. Nicolas l'aperçut de loin et baissa la tête, son rire stoppé net. Juliette leva le menton et se dirigea vers la table de Mark, non sans jeter quelques coups d'œil en coin pour voir si Nicolas la regardait.

Mark leva la tête au moment où elle s'assit en face de lui. Il avait commandé une bouteille de vin rouge, qu'il avait entamée.

— Vous êtes en retard, mais vu l'étendue du ravalement auquel vous avez procédé, je vous pardonne, dit-il avec un sourire.

— J'imagine que c'est votre idée d'un compliment, dit Juliette avec bonne humeur alors qu'il lui servait un verre de vin. J'espère que vous avez choisi le vin le moins cher de la carte, parce que je vous rappelle que je suis ruinée.

— Je vous invite ce soir, vous m'inviterez demain, comme ça, je serai autorisé à boire correctement un jour sur deux.

Juliette trempa ses lèvres dans le verre.

— Je sais que ça enlèverait un peu de piquant à vos blagues idiotes, mais au point où on en est, on pourrait peut-être se tutoyer, non ?

Mark prit un air faussement terrifié.

— J'espère que ce n'est pas une tentative de rapprochement destinée à coucher avec moi, je vous rappelle… pardon… je te rappelle que je suis là uniquement pour t'observer pendant que tu rames pour récupérer ton ex ; d'ailleurs il nous regarde toutes les deux secondes.

— C'est vrai ? demanda Juliette en se retournant d'un coup. Elle croisa le regard de Nicolas qui baissa à nouveau les yeux.

On leur servit des gambas grillées au barbecue, puis Juliette prit de la pintade et Mark du homard. Il cessa ses plaisanteries un moment pour lui poser des questions sur son amour de la cuisine. Juliette, de fil en aiguille, en vint à évoquer le dîner chez Françoise Chasteignac et son envie de devenir traiteur à domicile, d'abord timidement, puis de plus en plus sûre d'elle, comme si elle se convainquait en convainquant Mark. Les idées affluaient dans sa tête, sans qu'elle sache d'où elles provenaient, elle ne s'arrêtait plus de parler. Mark posait des questions, donnait franchement son opinion sur tous les points que Juliette abordait. Il affirma qu'elle pourrait faire des mariages, que les Parisiens ayant de moins en moins le temps de cuisiner, Paris était rempli de clients potentiels et qu'il n'y avait aucune raison pour que ça ne marche pas.

Ça faisait longtemps que Juliette ne s'était pas sentie aussi bien. Pourquoi pas, après tout ? Elle pouvait demander un prêt, de quoi monter un site Internet, louer un local pour cuisiner et faire goûter ses clients ; il lui suffirait de trouver un appartement un peu plus grand que ce qu'elle aurait loué pour elle toute seule. À la pensée qu'elle allait devoir habiter seule, son cœur se serra légèrement, mais l'excitation reprit le dessus.

Ils avaient fini de dîner, Mark observait avec un sourire amusé la succession des sentiments qui passaient sur le visage de Juliette. Appuyé sur le dossier de son siège, son verre à la main, il finit par lui dire :

— Tu devrais le faire, on ne vit qu'une fois tu sais.

— C'est plus facile à dire qu'à faire…

— Au contraire, c'est plus facile à faire qu'à dire, répondit Mark en buvant une gorgée. Si tu y réfléchis trop, tu ne te lanceras jamais, dans la vie il faut foncer, réfléchir après.

— C'est comme ça qu'on finit ruiné, dit Juliette en riant.

— C'est comme ça qu'on finit riche. Tu as à la fois les qualités culinaires et l'aspect « business », je suis sûr que ça peut marcher.

— Mais c'est la crise, soupira Juliette sans véritable conviction.

Ça lui remontait le moral que Mark estime qu'elle soit capable d'un tel projet, elle, que la simple idée de prendre l'avion épouvantait et qui avait réussi à se faire licencier, larguer et ruiner en un temps record, sans même réagir… Tout à coup, elle se sentit forte, courageuse, elle avait l'impression de rayonner d'assurance. À moins que ce ne soit d'ivresse, sa tête lui tournait un peu.

Ils décidèrent d'aller boire un dernier verre au bar de la plage et Juliette, un peu saoule, s'affala sur les coussins et demanda à Mark d'aller commander pour elle.

— Tu es sûre que tu veux une Piña Colada ? J'ai l'impression que tu titubes, dit Mark en haussant les sourcils.

— Oui, oui, ça va très bien, dit Juliette, grisée à la fois par l'alcool et ses projets de multinationale.

Un vent tiède rentrait sous la paillote, apportant avec lui des senteurs de fleurs exotiques. Juliette retira ses sandales pour sentir le sable sous ses pieds et ferma les yeux. Elle avait trop bu, mais elle s'en fichait. Elle avait envie d'être sur un bateau en mer, d'affronter des tempêtes, de découvrir une île déserte. Mark revenait avec les cocktails. Elle aperçut derrière lui Nicolas qui s'approchait du bar. Il était seul et pieds nus. Il portait une chemise en lin froissée, les mains dans les poches d'un pantalon en toile beige. Il vit Juliette et lui fit un sourire empreint d'une telle tristesse qu'elle en fut bouleversée. D'un seul coup, elle oublia le bateau, l'île déserte et ses projets d'entrepreneuriat, il n'y avait plus que lui et ce sourire qui contenait tous les regrets du monde. Dans un élan irrationnel et désespéré, elle posa sa main sur celle de Mark, qui posait les cocktails sur la table et lui dit d'un ton autoritaire :

— Embrasse-moi.

Il la regarda, stupéfait, il y eut comme un semblant d'hésitation dans son regard, puis il se retourna et aperçut Nicolas. Il retira sa main et dit d'un ton glacial :

— Vraiment, Juliette ? Décidément, tu ne recules devant rien. Je te l'ai dit, je n'ai pas la moindre envie de coucher avec toi.

— Non, mais c'est juste pour…

— Tu n'es pas du tout mon style, coupa-t-il. Même avec cette robe trop décolletée.

Juliette, écarlate, se redressa sur son fauteuil.

— Je vais me coucher, merci d'avoir gâché ma première soirée agréable en un mois !

Elle s'éloigna à grandes enjambées et il ne la retint pas.

Sa colère retomba vite et elle regretta sa tentative. Elle avait été ridicule. Qu'est-ce qu'il lui avait pris de lui ordonner de l'embrasser ? Le regard triste de Nicolas lui revenait sans cesse en mémoire, elle y avait lu des remords, elle en était sûre, voire un peu de désespoir. Tout n'était pas perdu. Elle s'approcha de la mer, sentit l'eau caresser ses pieds nus, se dit qu'elle était heureuse d'être ici, malgré tous les concours de circonstances absurdes qu'il avait fallu pour en arriver là. Elle resta un long moment dans l'obscurité, assise sur le sable à écouter la mer. Puis avec ses pieds mouillés et sa robe d'été, elle s'aperçut qu'elle avait froid et elle rentra doucement à son bungalow.

24.

LEÇON D'ESTHÉTISME, PAR KURT ANDERSON

Juliette s'était réveillée tôt avec une migraine à se taper la tête contre le mur. Attablée pour le petit déjeuner, un jus de fruits devant elle, elle contemplait l'océan qui reflétait le soleil matinal en maudissant la bouteille de vin de la veille. Il était encore suffisamment tôt pour qu'il y ait peu de monde au restaurant, elle déplaça son bras au soleil pour sentir la chaleur. Entre ses paupières entrouvertes, elle vit Mark s'approcher d'un pas nonchalant.

— Bonjour, dit-il plutôt froidement en arrivant devant elle.

Elle esquissa un sourire gêné.

— Salut.

— Tu n'as pas oublié qu'on partait plonger à neuf heures ?

Il paraissait avoir oublié leur dispute.

— Je n'ai pas très envie, dit Juliette.

Dans l'enthousiasme de la veille où tout semblait possible et facile, elle avait accepté de l'accompagner, mais l'idée semblait beaucoup moins brillante avec sa migraine et la terreur panique des profondeurs qui la frapperait, elle le sentait, à la seconde où elle mettrait la tête sous l'eau.

— Tu te dégonfles ? demanda Mark.

— Pas d'ironie avant midi, j'ai mal à la tête, répondit-elle, agacée.

Il s'assit en face d'elle. Il avait juste un tee-shirt par-dessus son short de bain déjà mouillé.

— Tu fais la tête pour hier ? demanda-t-il.

— Non.

Il eut un rire bref.

— Tu n'as pas l'air de bonne humeur pourtant. Écoute, je suis désolé, j'ai été désagréable.

— Ça, je te le confirme, marmonna Juliette. Mais ce n'est pas ça, je n'ai juste pas envie d'aller plonger.

Mark poussa un gros soupir, appuya ses bras croisés sur la table et se pencha vers elle.

— Tu te rends compte que je te donne l'occasion de passer gratuitement ton PADI dans les plus beaux fonds marins du monde et que tu dis non ? Tu as peur de quoi ? De te faire mordre par un hippocampe ?

— C'est dangereux, répliqua Juliette, sans conviction.

— Dommage. Tu vis à vingt-huit ans comme si tu en avais quatre-vingt-dix. Mamie Jacqueline serait très déçue si elle te voyait.

Juliette se maudit de lui avoir parlé de sa grand-mère. Elle se souvint du bouillonnement qu'elle avait ressenti la veille au soir. Elle s'était sentie envahie par une excitation incontrôlable, capable de monter une entreprise, de prendre l'avion jusqu'au bout du monde. Mark n'avait peut-être pas tout à fait tort.

— C'est bon, je viens, finit-elle par lâcher avec un soupir. Laisse-moi juste finir mon petit déjeuner, je te rejoins dans cinq minutes au centre.

— Parfait.

Il la quitta un sourire satisfait aux lèvres, non sans avoir au passage attrapé sur le buffet un croissant, une banane, un muffin aux myrtilles et une tranche de jambon sur une tartine.

Juliette portait déjà son maillot sous sa robe de plage. Elle termina son jus de fruits et son croissant et se dirigea vers le centre de plongée. La plage était déserte sous le soleil déjà étincelant, seuls les plongeurs matinaux étaient déjà levés. Un souffle de vent léger caressait le sable déjà tiède, les vagues paisibles venaient mourir sur la plage, presque en silence. Au centre, cinq ou six personnes déjà harnachées, la combinaison enfilée uniquement sur les jambes pour ne pas souffrir de la chaleur et les bouteilles d'air sur le dos, s'apprêtaient à monter dans un bateau à moteur pour partir au large. Mark, tout sourire, discutait avec une jeune femme à la peau hâlée. Quand Juliette arriva, elle l'entendit lui proposer dans un anglais parfait de porter sa bouteille jusqu'au bateau, ce que la blonde accepta en souriant. Puis il se retourna vers Juliette :

— On part au large, tu vas faire ton baptême avec Kurt, je l'ai prévenu que tu arrivais.

À l'intérieur de la paillote qui tenait lieu de centre de plongée, Juliette aperçut l'ombre du dénommé Kurt, qui distribuait des masques et des tubas aux plongeurs sur le départ.

— Où est-ce que tu as appris à parler aussi bien anglais ? demanda-t-elle à Mark.

— Ma mère était américaine, j'ai vécu à New York jusqu'à dix ans, puis je suis rentré en France avec mon père.

— Mais je croyais que ta mère…

— Oui, ma mère est partie, la coupa-t-il. J'ai vécu en France de dix à vingt-cinq ans, mais ça ne m'a pas fait oublier mon anglais.

Juliette n'osa pas poser plus de questions. Impossible de sonder les yeux de Mark derrière ses lunettes de soleil, son ton restait neutre et son sourire poli, mais elle sentait qu'il n'avait pas envie de s'éterniser sur le sujet. Il enfila sa bouteille d'air aussi facilement qu'un sac à dos vide et poursuivit :

— Je vais plonger au milieu des requins, va voir Kurt, tes premières plongées sont dites « en milieu protégé », tu seras à une dizaine de mètres du bord et tu n'as rien à craindre.

Puis il mit son masque de plongée sur le sommet de son crâne et Juliette lui sourit.

— Amuse-toi bien.

— Toi aussi, répondit-il en s'éloignant.

Il partait nager parmi des requins avec le flegme de quelqu'un qui va faire ses courses au supermarché.

Juliette ne put s'empêcher d'admirer son pas intrépide. À sa place, elle se serait probablement évanouie avant même d'avoir atteint le ponton.

— Sarah ? demanda une voix derrière elle.

Elle se retourna, le fameux Kurt était sorti de la paillote ; elle cligna des yeux sans bien voir son visage, éblouie par le soleil.

— Non, moi c'est Juliette, dit-elle en lui tendant la main.

Puis elle croisa son regard et le temps s'arrêta.

Kurt faisait un mètre quatre-vingt-sept, la peau bronzée de ses pectoraux musclés devait avoir le goût du sel, ses yeux bleu clair couleur glacier dévisageaient Juliette d'un air interrogateur et elle ressentit soudain une nécessité absolue de passer la main dans ses cheveux blond californien. Elle venait d'être téléportée dans une publicité Rip Curl, c'était la seule explication logique. Un court instant, elle envisagea de lui rouler une pelle. Elle aurait pu prétendre que c'était la tradition en France quand on rencontre un étranger et que s'offusquer de cette coutume revenait à risquer un accident diplomatique majeur, mais elle se ravisa.

Comme il provoquait les mêmes symptômes sur à peu près toutes les femmes qu'il croisait, à savoir une incapacité à fermer la bouche, une dilatation des pupilles, accompagnée d'une montée de fièvre et, dans certains cas, une crise de mutisme plus ou moins prolongée, Kurt attendit les cinq secondes qu'il laissait toujours à ses interlocutrices pour remonter leur mâchoire et reprendre leurs esprits, puis il sourit à Juliette.

— *Oh yeah, right*, ton ami Mark il dit à un collègue des nôtres, qu'il ne peut pas venir avec la fille actuelle mais une autre, *whatever*. Pas qu'on soit déçu ou rien d'avoir toi *instead*, il y a des étoiles souvent *anyway*.

Kurt avait une voix grave, nonchalante et un accent à couper à la tronçonneuse, ce qui donnait à sa perfection virile un côté touchant (bien entendu, s'il avait été moche, ça lui aurait juste donné l'air abruti). Juliette le dévisageait sans comprendre un traître mot de ce qu'il disait et fondit comme du chocolat au micro-ondes. Elle aurait pu caresser son torse de bronze en prétendant avoir un trouble obsessionnel du comportement, mais c'était sûrement interdit. Comme au Louvre, on regarde les œuvres d'art, mais on ne touche pas. Kurt constituait indubitablement la plus belle vue depuis le début des vacances et ce n'était pas peu dire. Elle le contemplait avec un sourire béat, pendant que lui, toujours souriant, toujours incompréhensible, continuait :

— Tu faire le baptême ? Tu as jamais plongé *before* ?

— Non, je a jamais plongé *before*, dit Juliette. Je peux vous prendre en photo ?

Elle aurait pu parler anglais, son niveau était plus que suffisant, mais pour rien au monde elle ne se serait privée de l'accent de Kurt.

Un autre élève s'était inscrit au cours, il s'appelait Timothy. Il attendait Kurt affalé sur une chaise dans la salle de formation en mâchant un chewing-gum. Juliette avait toujours été incapable de donner un âge aux enfants, elle lui attribua dix ans. Désireuse de montrer à Kurt qu'elle aimait les enfants et qu'elle était donc sympathique et généreuse, elle demanda à Timothy en se penchant en avant et en lui tapotant la tête :

— Tu as quel âge, mon petit ?

Il la regarda comme si elle était arriérée et lui répondit avec arrogance :

— Quatorze ans.

Gênée, elle retira sa main du sommet de son crâne et s'assit à côté de lui sans plus rien dire.

Kurt leur enseigna le langage des signes propre aux plongeurs, comment dire que tout était OK, qu'ils n'avaient plus d'air, qu'on descendait ou qu'on remontait. Il annonça qu'ils allaient faire des exercices dans le lagon, s'entraîner à communiquer sous l'eau et qu'ensuite ils « feraient une plongée petite cinq mètres bas ». S'ils voulaient continuer après le baptême, ils pourraient suivre la formation au PADI à partir du lendemain et obtenir le certificat qui les autoriserait à plonger sans moniteur.

Timothy répondit d'un air crâne que bien sûr, il allait passer le PADI, puis il se retourna vers Juliette et demanda :

— Et toi ?

— Peut-être, répondit Juliette pour ne pas passer pour une trouillarde. Elle pourrait toujours invoquer une allergie très rare à l'iode pour ne pas revenir.

Elle n'écouta rien de l'explication sur le matériel de plongée et les dangers mortels susceptibles de découler d'un acte de négligence. C'était beaucoup plus intéressant d'observer le défilé de femmes aux yeux brillants qui venaient dire bonjour à Kurt, en profitant au passage pour lui caresser le bras, riaient aux éclats dès qu'il ouvrait la bouche pour sortir une de ses phrases à la signification mystérieuse, s'inscrivaient à n'importe quelle activité pour peu qu'il y participe, y compris le taekwondo niveau expert du samedi matin.

25.

RECETTE DE L'ÉCREVISSE À L'ÉTOUFFÉE, PAR JULIETTE CHARPENTIER

Une fois la partie théorique terminée, Kurt aida Juliette et Timothy à monter leur matériel et les emmena dans le lagon. Ils nagèrent à une quinzaine de mètres du rivage. Juliette éprouva une légère angoisse au moment où Kurt lui plaça le détendeur dans la bouche et lui fit signe de descendre sous l'eau, mais il était hors de question qu'elle passe pour une cruche. Elle prit donc une grande inspiration et se laissa couler à deux mètres de profondeur avec l'impression de descendre au fin fond des abysses. Elle ouvrit les yeux dans un monde peint en bleu et vert, elle n'entendait plus que la résonance de sa propre respiration. Chaque mouvement se faisait au ralenti et une sérénité immense l'envahit.

Contrairement à ce que Juliette redoutait, respirer dans la bouteille devint rapidement naturel. Son seul regret était d'étouffer dans une combinaison trop étroite, mais elle avait trouvé constructif de certifier à Kurt qu'elle faisait un trente-six plutôt qu'un bon trente-huit. Elle fit avec application ses exercices : remplir son masque d'eau, le vider, lâcher son détendeur, le récupérer, dégonfler et regonfler son gilet, pendant que Timothy, à côté, simulait une narcose à l'azote, emplissait son masque d'eau, louchait, plaçait sa main dressée sur le sommet de son crâne en regardant au loin avec un air terrifié pour faire croire qu'il avait vu un requin, puis prétendait être mort, étendu au fond de l'eau pendant de longues minutes en mode cadavre. Dès qu'elle terminait un exercice, Kurt applaudissait en silence sous l'eau avec un sourire extatique et de nombreux gestes des bras et des jambes destinés à exprimer sans paroles autant d'enthousiasme que si elle venait de gagner le prix Nobel de la paix. Ensuite, il allait chercher Timothy avec un air furieux et de grands signes menaçants, dont l'unique effet était de rendre Timothy absolument hilare derrière son masque, au point qu'il en perdait son détendeur et se noyait à moitié.

Ils nagèrent un peu plus au large et Juliette ouvrit des yeux émerveillés. Elle découvrait un monde dont elle n'avait jamais imaginé l'existence. Elle aurait pu rester assise pendant dix ans sur un rocher à contempler les poissons multicolores et les algues bleues et vertes onduler dans l'eau transparente. Il lui semblait bien avoir vu un extrait du *Monde de Nemo* en DVD, mais sa connaissance du monde sous-marin s'arrêtait là. Kurt lui avait expliqué qu'on appelait la Terre la « bleue planète » car « quatre-vingts pour cent de ça est de l'eau ». Un nuage de poissons passa autour d'eux, leurs corps rayés noir et blanc s'attachaient à de drôles de têtes jaunes, c'était magique. Les animaux marins vaquaient à leurs occupations en les ignorant, comme s'ils n'étaient eux-mêmes rien de plus que d'autres poissons un peu plus gros et déguisés en cosmonautes. Juliette n'avait jamais vu autant de couleurs se côtoyer à l'air libre. La faune et la flore rivalisaient de toutes les teintes de l'arc-en-ciel, Chiara aurait A-D-O-R-É. Ça devait ressembler au dernier défilé Valentino. En mieux. Kurt se mouvait dans l'eau comme sur terre, il contrôlait parfaitement sa flottabilité, soulevait des cailloux pour leur montrer des animaux cachés, repérait les petits yeux noirs des raies enterrées dans le sable et explorait les trous et les grottes dont il connaissait tous les habitants. Juliette le suivait avec des yeux de merlan frit.

Quand ils remontèrent à la surface, elle était intarissable. Avaient-ils vu ce drôle de poisson avec une crête bleue ? Et les hippocampes ? C'était si petit, elle ne savait pas que c'était aussi petit un hippocampe, et les coraux ? Ils étaient pas dingues, les coraux ?

Kurt souriait, content qu'au moins un de ses deux élèves ait l'air de s'intéresser un minimum à son cours. Timothy répondit d'un air supérieur :

— Bah ouais on les a vus, on a des yeux, moi c'est mon troisième baptême, t'inquiète que les hippocampes j'en ai vu un paquet et j'm'en tape, c'est des requins que je voulais voir ou des raies manta… Bon, Kurt, mec, je reviens cet aprèm m'inscrire au PADI avec mon père, ça roule ? Puis il se tourna vers Juliette : On fait le cours ensemble, alors ?

Sa question s'accompagnait d'un coup de menton crâne et d'un regard lubrique qui détaillait Juliette d'un peu trop près et signifiait sans aucun doute « T'es bonne ».

— Oui oui, dit Juliette, trop surexcitée pour s'en offusquer.

Satisfait, Timothy partit en se curant le nez.

— Comment je peux m'inscrire, pour passer le PADI ? demanda Juliette à Kurt.

Elle trépignait, elle aurait voulu commencer l'après-midi même. Kurt l'emmena à l'intérieur de la paillote et la fit s'asseoir devant le bureau. Il ouvrit un grand cahier dont les pages étaient toutes gondolées d'humidité.

— Tu peux débuter demain au matin, dit-il. Avec Georgina ou alors le jour après demain avec je.

— Après-demain avec tu, c'est très bien, déclara Juliette, demain j'ai déjà quelque chose de prévu.

C'était faux, mais il était hors de question de plonger avec Georgina, Kurt faisant partie intégrante de la beauté des fonds marins des Maldives.

Il ne fit aucun commentaire, il avait l'habitude et la pauvre Georgina aussi, sans doute.

— OK, je te inscris pour le jour après demain. En attendant tu devoir lire le book de la plongée PADI.

Il lui tendit un livre bleu intitulé *Open Diver Manual*.

— Attention, test dans les quelques jours, dit-il en riant et en secouant l'index.

— Je dois payer quelque chose tout de suite ? demanda Juliette, ravie à l'idée de se voir administrer un test par le beau Kurt.

— Non non, tout déjà payé de Mark, c'était le Sarah cours tu sais, il dit que tu suivre à sa place, elle ne pas vient.

— Sarah l'amie de Mark ? demanda Juliette l'air de rien en plaçant son masque, son tuba et ses palmes dans le grand baquet d'eau douce prévu à cet effet.

— *Yeah*, c'est tellement *sad* ce qui s'avoir passé, dit Kurt en hochant la tête d'un air désolé, ah il revient du requin, je vois le *boat*, tu peux prendre un douche sur le plage, je m'occupe de ranger les choses. Mais avec PADI, c'est toi qui apprendras de démonter les bouteilles !

Juliette se doucha sur la plage, les yeux fermés sous l'eau tiède de la douchette. Elle essora ses cheveux emmêlés par le sel et le masque. Sarah était clairement la copine de Mark ou, plus probablement, son ex. Elle mourait d'envie d'en savoir plus. Que s'était-il passé ? Est-ce qu'ils s'étaient disputés avant de partir en vacances ? Il ne voulait pas en parler puisqu'il lui avait dit qu'il avait payé des activités pour « un ami ». C'était sûrement pour ça qu'il était parfois aussi désagréable : il avait le cœur brisé. Elle essaya d'imaginer à quoi ressemblait la copine de Mark. Il avait dit qu'elle-même n'était pas son style. Elle se la représenta blonde, très grande et très mince avec des yeux bleu clair et glacés.

Elle observait le bord de mer, le bateau de plongée était de retour, en train d'accoster, et Kurt s'approchait du ponton, torse et pieds nus, tout sourire derrière ses Ray-Ban. Il commença à décharger le bateau et à aider les femmes à descendre. Il tapait dans la main des hommes comme si tous étaient ses meilleurs amis. Juliette éteignit la douche et étala sa serviette au soleil, puis s'étendit dessus tout en rêvassant aux pectoraux bronzés du beau Kurt. Elle s'imagina épousant Kurt sur la plage, pieds nus avec une simple robe blanche et une fleur de frangipanier dans ses cheveux au vent. Ils vivraient au soleil, d'amour et de sardines grillées, Chiara viendrait régulièrement voir ses filleuls et passer des vacances de rêve avec eux. En revanche, ses parents ne viendraient jamais jusqu'ici, eux qui étaient partis en Belgique pour leur lune de miel, ce n'était même pas la peine d'y penser. Elle se demanda si Kurt valait la peine qu'elle coupe définitivement les ponts avec ses parents, elle le regardait avec jalousie rire aux propos de la jeune femme blonde avec qui Mark discutait un peu plus tôt. Elle était visiblement en train de raconter quelque chose d'hilarant, car Kurt, Mark et un troisième type bedonnant semblaient mourir de rire à chacune de ses paroles, tout en louchant probablement sur son décolleté derrière leurs lunettes de soleil. Mark dut demander à Kurt où Juliette était, car il fit un geste du bras dans sa direction, puis ils se serrèrent la main et Mark se dirigea vers elle.

— Tu ne devrais pas rester en plein soleil comme ça, tu vas brûler.

— C'est juste le temps de sécher, répondit Juliette sans ouvrir les yeux.

Le soleil tapait, mais pour le moment c'était trop agréable pour qu'elle bouge.

— Il paraît que ça t'a plu, alors ? demanda Mark. Il ouvrit le robinet de la douche et se rinça sommairement, il frotta ses cheveux bruns pour en retirer le sable et le sel.

— Oui, c'était génial, répondit Juliette qui sortit de sa torpeur pour lui raconter sa matinée.

Elle lui parla de Timothy, des femmes qui venaient voir Kurt sous de faux prétextes pour poser leurs mains sur ses biceps, des poissons dépressifs et des poissons euphoriques. Il s'était assis sur le sable à côté d'elle et riait à ses histoires, il semblait avoir baissé la garde. Juliette hésita avant de poser la question qui lui brûlait les lèvres.

— C'est vraiment gentil de m'offrir tout ça, mais qui est Sarah, Mark ?

Le sourire de Mark disparut, il remit ses lunettes de soleil et se leva brusquement.

— Personne. Il faut que j'y aille. Tu ne déjeunes pas ?

— Non, je vais rester un peu, je n'ai pas faim, répondit Juliette, mal à l'aise d'avoir été indiscrète.

— Tu ne devrais vraiment pas rester au soleil sans chapeau, tu vas attraper une insolation. Tu as mis de la crème ?

Sa voix était monocorde, il ne la regardait pas, comme s'il posait la question pour le principe, et que la réponse lui importait peu.

— Oui, mentit Juliette.

Elle avait mis de la crème.

Mais sur le visage seulement.

Et ce matin à huit heures.

Avant de passer trois heures de suite dans la mer et de prendre une douche pendant vingt minutes…

— Très bien, à plus, dit Mark en tournant les talons.

Juliette le regarda s'éloigner, il n'était pas mal non plus. Bien entendu, il n'atteignait pas le niveau de Kurt, mais objectivement, il n'était pas mal. Elle aimait bien les maigres d'habitude et lui était plutôt du genre massif, le genre qu'on n'embête pas dans le métro.

Il fallait qu'elle arrête de regarder tous les hommes qui passaient comme des amants potentiels. Qu'est-ce qui lui prenait ? Elle eut une pensée coupable pour Nicolas qu'elle réprima aussitôt. Lui ne se gênait pas avec Caroline, elle avait bien le droit d'imaginer ce qu'elle voulait avec qui elle voulait. Il faut dire que même avant leur rupture, ils ne faisaient plus l'amour très souvent. D'ailleurs la dernière fois, c'était… c'était quand ? Oui, la fois où ils étaient rentrés de la soirée d'anniversaire de Caroline, ils avaient un peu bu. Si ça se trouve, il avait pensé à Caroline tout du long. Elle se souvenait maintenant, Nicolas et Caro avaient passé une bonne partie de la soirée à rigoler devant la fenêtre du salon pendant qu'elle avait passé la même bonne partie de la soirée à tartiner du tarama sur des blinis, remplir des saladiers de chips, mettre des pizzas au four, sortir des pizzas du four, placer les vingt-neuf bougies sur le gâteau de Caroline qu'elle avait préparé et apporté, le couper, le distribuer, couper les pizzas...

Bonne poire, va.

Depuis plusieurs mois, personne ne l'avait touchée ou même simplement embrassée. Elle avait été trop accaparée par ses problèmes, son licenciement, Nicolas... pour y avoir réfléchi plus tôt. La vision de Kurt et de ses muscles parfaits avait réveillé en elle un trouble qu'elle n'avait pas ressenti depuis belle lurette. Pour être honnête, elle n'avait jamais compris pourquoi Chiara éprouvait le besoin de ramener une à deux fois par semaine un homme dans son lit. Pour Juliette, c'était sans doute le principal avantage du célibat, de pouvoir se glisser dans des draps propres avec son bouquin sans être interrompue au bout de trois minutes par une paire de mains baladeuses et insistantes. Évidemment, avant c'était différent. Au début de sa relation avec Nicolas, c'était intense, elle en avait envie tout le temps, ils ne pouvaient pas passer une heure ensemble sans finir collés l'un à l'autre à se rouler des pelles, en mode Kate et Leo dans *Titanic*. Peut-être qu'elle était devenue un mauvais coup. Elle regardait toujours avec beaucoup de surprise au cinéma des actrices lascives gémir et renverser leur tête de plaisir, parfois hurler en se demandant ce qu'elle-même faisait de mal pour ne jamais émettre plus pendant l'amour qu'une sorte de petit cri étonné vers la fin, en général simulé et qui ne signifiait pas « continue, c'est bon », mais plutôt « termine vite, je me lève à sept heures demain ». C'était une sorte de signal entre eux, Nicolas considérait alors qu'il avait fait son travail, proférait un râle et tendait tout son corps une dernière fois avant de s'affaler sur Juliette comme s'il venait de faire une crise cardiaque à la fin d'un marathon. Juliette s'était demandé si elle était devenue frigide, ça ne pouvait pas être de la faute du pauvre Nicolas qui avait dû lire quelque part que les femmes avaient besoin de préliminaires et qui s'y adonnait pendant parfois plus de quarante minutes avant de passer aux choses sérieuses. Elle n'osait pas lui dire, mais elle détestait ça. Ça n'en finissait jamais, une fois elle s'était même endormie pendant. Heureusement une pression plus douloureuse que les autres l'avait réveillée en sursaut, ce qu'il avait interprété comme une marque de jouissance intense et il avait minutieusement continué à appuyer de plus en plus fort au même endroit, jusqu'à ce qu'elle se mette à crier de douleur. Il avait apprécié.

Elle avait bien essayé d'en parler à Chiara, qui s'était exclamée que ça ne l'étonnait pas, que Nicolas avait « mauvais coup » écrit sur le front, qu'elle l'avait toujours su et que bien sûr que non Juliette n'était pas frigide, simplement elle sortait avec un handicapé. Juliette avait arrêté aussi sec la conversation avec l'impression coupable d'avoir trahi Nicolas.

La plongée l'avait fatiguée. Elle se sentait bien, allongée sur le sable doux, avec le bruit de la mer pour berceuse et elle s'endormit. Elle se réveilla plusieurs heures plus tard, quand une main posée sur son épaule déclencha une onde de douleur telle qu'elle poussa un hurlement.

26.

TOUTES LES CHOSES VA ÊTRE *ALL RIGHT, HONEY*

— Juliette ? Juliette ?

Elle entrouvrit les yeux et le seul contact de ses paupières sur son arcade sourcilière lui donna envie de hurler. Kurt était penché sur elle, l'air inquiet. Avec la sensation que chaque centimètre carré de sa peau était craquelé et rôti comme celle d'une chipolata sur un gril, elle se dressa sur un coude. Combien de temps avait-elle dormi ? Kurt lui tendit la main pour l'aider à se relever, le moindre frottement sur la serviette était un supplice.

— Tu restais ici pour deux heures, toi qui es blanc comme lait, tu être rouge comme un *lobster* maintenant.

Il l'emmena jusqu'à la douche de plage et lui conseilla de rester sous l'eau froide pendant trois minutes, puis de le rejoindre à l'ombre de la paillote, où il lui fit boire de force un litre d'eau. Il l'accompagna ensuite à l'infirmerie et la quitta en lui disant d'un ton rassurant, sa main sur son épaule (contact à la fois délicieusement agréable et épouvantablement douloureux) :

— Toutes les choses va être *all right, honey*, toutes les choses sont OK.

Le médecin examina la partie gauche du visage de Juliette – la joue droite avait été épargnée, elle s'était endormie appuyée dessus –, puis son dos entièrement brûlé par le soleil. Ses épaules tiraient presque sur le violet. Après une bonne minute de réflexion, il déclara, les sourcils froncés :

— Coup de soleil.

Ça valait le coup de faire dix ans d'études pour arriver à cette conclusion. Il enduisit son dos, son visage et l'arrière de ses jambes de Biafine et lui laissa le tube en lui ordonnant de s'en tartiner toutes les quatre heures, de rester cloîtrée dans son bungalow au moins jusqu'au lendemain et de boire deux litres d'eau par jour.

De retour dans sa chambre, Juliette ôta avec précaution son maillot de bain, essayant d'éviter tout contact entre le tissu et sa peau puis découvrit, épouvantée, son reflet dans la glace. De face, elle était blanche comme un navet, de dos, elle était rouge comme un poivron. Son visage écarlate à gauche, blafard à droite, résumait à la perfection son corps bicolore. Comme le médecin l'avait recommandé, elle s'allongea en soupirant sur son lit, gardant à portée de main le tube de Biafine et sa bouteille d'eau.

On frappa à la porte en fin de soirée. Juliette, qui lisait son manuel de plongée, couchée sur le côté blanc de son corps, alla ouvrir. C'était Mark. Il entra sans y être invité et réprima un sourire quand il la vit.

— J'étais étonné de ne pas te voir au dîner et j'ai croisé Kurt qui m'a dit que tu étais rouge comme un homard, je suis donc passé vérifier que c'était bien le cas.

Juliette soupira ; elle était fatiguée, pas vraiment d'humeur à entendre les sarcasmes de Mark.

— Tu es venu jusqu'ici pour me dire ça ?

— Oui, tu ressembles au drapeau alsacien, heureusement que je t'ai dit de ne pas rester au soleil...

— Ça va, ça va, râla Juliette, qui ne savait pas vraiment à quoi ressemblait le drapeau alsacien.

Il s'assit sur son lit, eut un geste désinvolte.

— C'est bon, je plaisante. Je t'ai commandé de la soupe et de l'eau, elles ne devraient pas tarder à arriver.

Elle le trouva gonflé, comme d'habitude, mais ça lui fit plaisir que quelqu'un se préoccupe de savoir comment elle allait. On ne tarda pas à frapper de nouveau à la porte. Mark alla ouvrir, sourit à l'homme qui apportait la soupe et pour y déposer le plateau, débarrassa la table du tas informe constitué par le paréo de Juliette, sa crème solaire, deux robes et un maillot de bain encore humide qu'elle n'avait pas eu le courage d'étendre.

— *How are you*, madame ? demanda l'employé avec un regard intéressé par le visage de Juliette.

— Très bien, merci, répondit Juliette en souriant du côté droit uniquement, le gauche était trop douloureux.

L'homme ne sortit pas tout de suite, il continuait de la dévisager avec un air navré. Mark lui glissa un pourboire dans la main.

— *Thank you very much, have a good night.*

— *Good night sir, I hope your wife feels better.*

— *Yes, thanks*, répondit Mark en refermant la porte, sans prendre la peine de préciser que Juliette n'était pas sa femme.

Il servit le bol de soupe, un léger sourire aux lèvres.

— Mange, avec la surface de peau qu'il te faut reconstituer, tu as besoin de forces. Et bois de l'eau, tu es privée d'alcool ce soir.

— Gnagnagna, répondit Juliette, moitié irritée moitié amusée, c'est pas avec une soupe de légumes que je vais reconstituer mes forces…

Il eut l'air étonné, voire un peu embêté.

— Si tu veux on peut rappeler pour autre chose ?

— Non, ce n'est pas la peine, je plaisantais, dit Juliette.

Et elle rajouta mentalement l'anorexie à la liste des qualités de l'ex de Mark.

— Kurt m'a dit que tu n'allais pas à la plongée demain ? Tu pourras rester à l'ombre avec ta Biafine et ça ira mieux. On crève de chaud ici, continua Mark en cherchant des yeux la télécommande de la climatisation.

Il la trouva dans un tiroir, tripota quelques boutons et un courant d'air frais effleura le visage de Juliette.

— Je suis contre la climatisation, ça détruit l'environnement.

En réalité, elle n'avait pas trouvé la télécommande et n'avait pas osé demander.

— Il fait trente degrés dans cette chambre et ça ne peut pas être sain quand tu as déjà la tête de quelqu'un qui sort d'une Cocotte-Minute.

Juliette pouffa, le nez dans son bol de soupe.

Mark s'assit de nouveau et entreprit de lui raconter sa journée. Il avait plongé à trente mètres de profondeur et nagé avec des raies manta. Il se lança ensuite dans une comparaison entre les fonds marins de l'océan Indien et ceux de la mer Rouge. Elle lui demanda s'il avait beaucoup voyagé et elle oublia de manger en écoutant le récit de ses aventures. Il avait parcouru une bonne partie du monde, il connaissait toute l'Amérique du Sud, il avait fait des treks en Inde, il avait vécu en Australie. Il lui racontait la jungle du Guatemala, les pyramides de Tikal au lever du soleil quand les singes hurlent, l'ascension du Kilimandjaro au Kenya et les attaques d'hippopotames. Parfois il se taisait un instant, les yeux dans le vague, comme débordant de souvenirs exotiques et Juliette se surprit à l'envier. Il avait l'air d'avoir seulement quatre ou cinq ans de plus qu'elle et il avait vécu tellement plus intensément. Elle se sentit à l'étroit dans sa vie passée, ses aspirations lui parurent soudain dérisoires. Elle avait peur qu'il lui pose des questions et de n'avoir rien d'autre à raconter que des vacances dans le Gers. Elle remplit un verre d'eau glacée, le simple contact du verre froid dans sa main lui fit du bien.

— C'est marrant, comme choix de vacances, les Maldives, ça n'a pas l'air d'être ton truc, de bronzer toute la journée sur la plage, si ?

Il la regarda bizarrement, hésita avant de répondre.

— Effectivement, à part la plongée, les Maldives n'ont pas grand intérêt pour moi.

— Pourquoi tu es venu, alors ? demanda Juliette.

Le rire bref de Mark sonna faux, il y eut un blanc et Juliette regretta sa question.

— C'était mon voyage de noces, Juliette.

Elle se mordit la lèvre. Les propos de l'hôtesse le jour du départ lui revinrent en mémoire. « Si ça peut vous consoler, j'ai enregistré un homme quelques minutes avant vous, dont le mariage a été annulé et qui partait seul en voyage de noces. »

— Je suis désolée, murmura-t-elle.

Elle aurait dû deviner. La moitié des clients de l'hôtel étaient en voyage de noces. C'était la seule explication plausible de la présence d'un aventurier comme Mark sur une plage des Maldives sans crocodiles, sans temples bouddhistes ou pyramides mayas à escalader. Elle sentait la partie droite de son visage s'empourprer autant que la gauche, elle chercha un mot gentil, mais rien ne lui venait à l'esprit.

Un sourire placide apparut sur les lèvres de Mark.

— C'est bon, fais pas cette tête, tu ne pouvais pas savoir.

Juliette eut envie de le consoler, de lui dire que ça passerait, qu'on se remettait de tout, mais incapable de trouver les mots justes, elle dit la première chose qui lui passa par la tête.

— Ce n'est pas trop compliqué de travailler sur ta boîte quand tu es tout le temps en voyage ?

Mark se leva, plaça la bouteille et le verre d'eau encore à moitié plein sur sa table de nuit et débarrassa Juliette de son bol vide. Il déposa le plateau devant la porte de sa chambre.

— Je ne suis pas tout le temps en voyage, j'ai beaucoup voyagé quand j'étais encore étudiant. L'Australie, j'ai lancé une boîte là-bas, donc j'y travaillais autant que je voyageais et de toute façon, je ne sors jamais sans ça. Il sortit son Smartphone de sa poche. Je suis toujours connecté ; au fond, il n'y a pas un jour où je ne travaille pas.

— C'est passionnant ta vie, soupira Juliette, moi il ne m'arrive jamais rien.

Il haussa les épaules.

— Il ne t'arrive jamais rien parce que tu ne sors jamais de ta zone de confort... Regarde la plongée, tu as essayé et ça t'a plu.

Il était appuyé contre le mur, les mains dans les poches de son jean, avec cette ironie légère au coin des lèvres, qu'il arborait presque toujours, comme si, rien, jamais, ne méritait d'être pris au sérieux et Juliette se demanda subitement comment il se comportait quand il avait une femme dans ses bras.

— Mark, qu'est-ce qui s'est passé avec Sarah ?

C'était sorti tout seul. Il y eut un long silence et à nouveau Mark sourit, imperturbable.

— Elle avait une conception un peu trop libre du couple.

— Elle est partie avec quelqu'un d'autre ?

— Elle a couché avec quelqu'un d'autre et elle a pensé que ce ne serait pas grave.

— Oh… et tu n'as pas pu lui… pardonner.

Le sourire ne faiblit pas, mais Juliette vit la mâchoire de Mark se contracter.

— Pardonner ? On ne pardonne pas l'impardonnable.

— C'est toi l'idéaliste au fond, ça arrive plus souvent qu'on ne le croit de faire ce genre d'erreur.

— Tu es trop gentille Juliette, tu penses que les gens peuvent changer.

Il y avait une note condescendante dans son ton qui la piqua au vif et elle lui répondit sèchement.

— Non, je ne suis pas trop gentille, je pense qu'il n'y a pas de couples sans difficultés, c'est tout, personne n'est parfait.

Il leva les yeux au ciel et fit un mouvement vers la porte. Elle regretta d'avoir évoqué un sujet sensible. Ça ne la regardait pas après tout, mais elle n'avait pas envie que la conversation s'arrête là.

— Elle faisait quoi dans la vie, elle ? Elle bossait avec toi sur tes boîtes ?

Il avait la main sur la poignée et Juliette était assise sur son lit, il la fixa un instant, surpris, comme si elle avait posé une question totalement absurde, mais quand il vit qu'elle attendait une réponse, il rit.

— Non, on ne bossait pas ensemble, Dieu merci. Bonne nuit, Juliette.

Il hésita, puis il lâcha la poignée et en deux enjambées il revint à côté du lit. Il se pencha vers elle et dans un moment de panique, elle se demanda s'il n'allait pas l'embrasser. S'il l'embrassait, qu'est-ce qu'elle ferait ? Fallait-il le repousser gentiment ou le laisser faire ? Il n'irait pas forcément plus loin… ou alors tourner la tête au dernier moment l'air gêné et surtout ne plus jamais en parler ?

Mais il déposa juste un baiser sur sa joue blanche et répéta :

— Bonne nuit, Juliette.

Quand la porte se referma derrière lui, malgré son soulagement, elle resta allongée sur le dos, les yeux fixés au plafond dans la lumière tamisée. Elle se demandait s'il embrassait bien, s'il y avait pensé au moment où il s'était penché sur elle. Elle espéra qu'elle n'empestait pas trop la Biafine.

Il savait ce qu'elle avait vécu. Il s'était pris lui aussi la gifle magistrale du moment où on comprend qu'on n'est pas l'amour de la vie de l'amour de sa vie, que pendant qu'on rêvait mariage et enfants, l'autre pensait largage et amant. Contrairement aux autres, il ne l'avait pas prise en pitié, mais l'air de rien, il l'avait fait rire. Il lui avait changé les idées. Il avait réussi à la secouer un peu, à la sortir de sa torpeur et c'était précisément ce dont elle avait besoin. Elle se sentit submergée par une vague de culpabilité. Elle n'avait pensé qu'à elle, trop occupée à se plaindre pour se rendre compte qu'il souffrait. Peut-être qu'elle pouvait aller frapper à sa porte, lui proposer une balade sur la plage, les pieds dans l'eau. Peut-être même qu'il lui prendrait la main.

À quoi pensait-elle ?

Elle était venue jusqu'ici pour récupérer Nicolas, pas pour faire de nouvelles rencontres. Elle secoua la tête pour en faire sortir ces réflexions absurdes et éteignit la lumière.

Elle somnolait déjà quand on frappa à la porte. Bizarrement euphorique, elle se leva d'un bond, ralluma et vérifia devant la glace qu'elle n'était pas trop mal coiffée, passa son pouce sur ses lèvres pour vérifier qu'elles n'étaient pas gercées par le soleil et lissa ses cheveux du plat de la main.

Elle ouvrit la porte et son sourire disparut.

— J'ai marché dans un bol de soupe, dit Nicolas.

Puis il leva la tête vers elle et voyant qu'elle ne réagissait pas, il continua :

— Mais qu'est-ce qui t'est arrivé ? On dirait que tu t'es pris un coup de chalumeau dans la figure.

27.

SIX MOIS. SIX MOIS ?!

Juliette s'imaginait ouvrir à Mark, mais c'était Nicolas, un pied couvert de soupe, qui se tenait devant sa porte, sans qu'elle l'ait pris en filature, harcelé ou menacé. Ça tenait du miracle et pourtant, la main crispée sur la poignée, elle hésitait. Elle ne devait pas le laisser entrer. Mieux valait réfléchir posément à l'attitude à adopter (et par réfléchir posément, elle entendait passer un coup de fil hystérique à Chiara) et prier Nicolas de repasser le lendemain, le temps de mettre en place une stratégie optimale. Oui, voilà, elle allait lui dire qu'elle était malade et qu'elle préférait qu'il revienne une autre fois. Elle inspira un grand coup.

— Nicolas, je préférerais que…

— Je peux entrer ? interrompit-il.

— B… Bien sûr, dit-elle, prise de court.

Il referma la porte derrière lui, gratta sur son menton sa barbe naissante.

— Je voulais seulement te dire… te dire que j'étais désolé. Désolé de tout ce qui s'est passé entre nous, Juliette.

Il fixait le sol avec une intensité qui laissait présumer qu'il était soit très mal à l'aise, soit en train de découvrir avec émerveillement et pour la première fois l'existence de ses dix orteils.

— C'est très bien, dit Juliette avec une froideur qui l'impressionna elle-même. Mais ça ne suffit pas d'être désolé.

— Je sais, j'espère qu'un jour tu pourras me pardonner. Je ne voulais pas te blesser ou te mentir, j'ai été lâche et malhonnête et tu ne le méritais pas… Ce n'était pas prévu tu sais, un jour on avait un peu bu et Caroline m'a dit en rigolant que ça faisait douze ans qu'elle était amoureuse de moi et, je ne sais pas, ça… ça a dérapé, après coup je me suis rendu compte que moi aussi…

— Je n'ai pas besoin des détails, coupa Juliette.

— Excuse-moi, excuse-moi, je suis indélicat…

Juliette savait qu'elle aurait dû lui dire qu'elle ne l'excusait pas et le jeter dehors, mais elle avait trop attendu cette conversation et elle avait besoin de réponses.

— Ça durait depuis combien de temps ? Dis-moi la vérité s'il te plaît.

Il soupira, ébouriffa ses cheveux d'une main avec un air de petit garçon perdu et pendant un court instant, elle eut envie de prendre sa tête sur son épaule et de tout lui pardonner.

— Six mois.

— SIX MOIS ?!

Elle avait hurlé. Elle n'avait plus du tout envie de prendre sa tête sur son épaule et de tout lui pardonner.

— Je sais, je sais, c'est horrible, je n'arrivais pas à me décider, je tenais beaucoup à toi et…

— J'en ai ras le bol.

— Pardon ?

— Ras-le-bol d'être trop gentille. Dégage de ma chambre.

Elle s'était redressée et lui indiquait la porte d'un geste indigné.

— Juliette, je suis venu m'excuser, c'est important que tu comprennes, je n'ai pas fait ça par méchanceté ou manque de respect, je…

— Nicolas, je te jure, si tu n'es pas dehors dans trois secondes, je t'en colle une, et ensuite j'irai en coller une à l'autre conasse.

Quelque part, elle avait toujours conservé l'espoir absurde qu'il ne l'avait pas trompée, l'idée insensée que toute cette histoire n'était qu'un mauvais moment à passer et qu'il lui reviendrait. Mais une fois de plus, elle n'avait rien compris. Il culpabilisait, mais il ne revenait pas, il ne reviendrait pas. Et elle était là, à s'apitoyer sur lui comme une crétine alors que la seule chose qu'il méritait c'était un bon coup de genou dans l'entrejambe pour lui remettre les idées en place. Et s'il balbutiait encore une fois qu'il était désolé, elle allait exploser, passer en mode dragon et lui cracher à la figure toute la lave en fusion qui bouillait en elle, lui crever les yeux, le griffer, l'insulter…

Mais elle se mit à pleurer.

Elle pleurait toutes les larmes de son corps et réalisait qu'on ne dirait plus désormais « Juliette et Nicolas », mais « Caro et Nico ». Il l'avait trompée, il avait fait un choix, il avait préféré lui mentir et la blesser plutôt que de tenter de recoller les morceaux cassés. Elle le connaissait assez bien pour savoir que ses remords étaient sincères et ça lui broyait encore plus le cœur. Qu'il la trompe et qu'il la largue, passe encore, mais qu'il la prenne en pitié parce qu'il l'avait trompée et larguée, c'était le seau d'eau qui faisait déborder le vase. Elle aurait voulu avoir la fierté de contenir ses larmes jusqu'à ce qu'il reparte, mais maintenant qu'elle avait commencé, elle n'arrivait plus à s'arrêter.

Il la prit dans ses bras, il tremblait, il s'excusait encore et encore, elle se laissa aller un instant contre son épaule, puis le repoussa.

— Va-t'en.

— Prends soin de toi Juliette, fais attention avec ce type, murmura-t-il.

— Va-t'en Nicolas, ton opinion ne m'intéresse pas.

— C'est juste que tu as assez souffert comme ça et ce n'est vraiment pas quelqu'un pour toi…

— Ça ne te regarde pas, je veux que tu sortes de cette chambre.

Il se dirigea lentement vers la porte. Avant de la refermer, il lui jeta un dernier regard. Elle restait assise sur son lit aussi défait que son visage et une dernière fois il lui dit :

— Je suis désolé, Juliette.

— Pas autant que moi.

Elle se leva et claqua la porte derrière lui.

28.

LES DENTS DE LA MER, INTERPRÉTATION LIBRE PAR JULIETTE CHARPENTIER

Elle dormit jusqu'à onze heures. Quand elle se réveilla, son mal de tête s'était envolé et sa moitié cramoisie virait au rose. Elle s'interdit de réfléchir à la scène de la veille et appliqua une bonne couche de Biafine suivie d'un kilo de crème solaire indice cent avant d'oser mettre le nez dehors. Elle se déplaçait de tache d'ombre en tache d'ombre pour esquiver les rayons déjà brûlants du soleil. Sous la paillote du restaurant, une famille terminait de petit-déjeuner et les serveurs commençaient à débarrasser le buffet. Juliette avait très peu mangé la veille et elle surchargea une assiette de fruits et de viennoiseries. Elle s'assit face à la mer, sa tasse de thé à portée de main. La vue des couples enlacés qui marchaient les pieds dans l'eau verte l'attristait moins que la veille. Elle songea qu'ils se trompaient probablement tous les uns les autres et qu'ils vivaient dans une illusion. Elle, contrairement à eux, savait désormais à quoi s'en tenir sur l'amour : il n'existait pas. C'était inutile et douloureux, mais au moins elle était lucide. Au loin, elle aperçut les plongeurs qui remontaient le ponton vers le bateau à moteur prêt à partir. Elle reconnut Mark, qui portait sur son dos sa bouteille et à la main celle de la fille blonde de la veille, qui marchait à ses côtés. Nicolas arrivait en courant et faisait signe au conducteur de l'attendre. Il était en retard, il était toujours en retard. Caroline n'était pas là, elle était sans doute trop peureuse pour plonger. *Chochotte*, songea Juliette et elle eut un petit sourire, le premier de la journée.

Elle resta assise sous la paillote jusqu'à ce que le bateau disparaisse sur l'eau calme. Elle se demanda si Mark et Nicolas discuteraient ensemble. Probablement pas. Elle haussa les épaules et termina son assiette, puis elle se dirigea vers la réception où elle demanda l'accès à un ordinateur pour consulter ses e-mails. Elle avait dix-sept mails de Chiara qui traitait Caroline de tous les noms possibles et imaginables et qui affirmait l'avoir prévenue, qu'elle avait toujours su que Caroline n'était qu'une pétasse toxique, ce qui la renforçait dans l'idée de base qu'elle avait toujours raison et savait juger les gens au premier coup d'œil. D'autre part, elle avait lu dans *Voilà* que Sarah Lamour était elle aussi en vacances aux Maldives et demandait à Juliette de prendre ses cuisses en photo si elle la voyait, afin d'avoir confirmation que même les stars avaient de la cellulite. Juliette répondit que oui Chiara avait raison, comme d'habitude, oui elle photographierait les cuisses de Sarah Lamour si elle la voyait, en revanche elle était quasiment sûre que celle-ci n'avait pas un gramme de cellulite et oui Caroline était une *prostituta* et c'était bien fait pour elle si elle prenait trois kilos à chaque fois qu'elle regardait une part de gâteau au chocolat.

Juliette avait également reçu une nouvelle demande pour préparer le buffet d'une soirée, un long mail de ses parents qui lui disaient qu'ils espéraient qu'elle ne ferait pas de plongée, ne monterait pas dans un bateau, ne se baignerait que dans la piscine et qui lui demandaient si elle avait eu la présence d'esprit d'apporter des conserves de France afin de ne pas mourir intoxiquée et enfin, un second mail de Christelle Crogue, qui la priait à nouveau de la contacter au plus vite, car elle avait de bonnes raisons de croire que son licenciement n'avait pas lieu d'être. Juliette lui répondit en deux lignes qu'elle savait déjà que son licenciement n'avait pas lieu d'être et qu'elle était en vacances. Elle lui donna tout de même son numéro de portable, en lui proposant de lui téléphoner quand elle reviendrait. Qui sait, peut-être qu'à son retour, tout s'arrangerait. CleanOffice se rendrait compte que cette note de frais idiote était un malentendu et ils lui rendraient son poste. Bizarrement, cette pensée généra chez elle plus d'angoisse que de satisfaction.

Elle répondit à ceux qui sollicitaient ses services avec un ordre de prix et des questions sur le menu pour un devis plus précis, puis elle créa un document Word dans lequel elle répertoria toutes les recettes qu'elle était sûre de réussir. Elle leur attribua à chacune un joli nom et elle les classa par catégorie, avant d'envoyer son menu à ses potentiels futurs clients. Trois heures venaient de passer en un clin d'œil. Elle n'avait même pas remarqué que les plongeurs étaient revenus de leur virée en mer. Elle étudia encore pendant une heure les procédures administratives pour se créer un statut d'autoentrepreneur, griffonna des idées sur une feuille de papier. Au fond, pourquoi ne pas tenter sa chance comme traiteur ? Ça n'avait pas l'air si compliqué que ça. Elle continuerait de chercher du travail, mais en attendant d'en retrouver, quitte à faire quelques soirées pour gagner un peu d'argent, autant le faire correctement. Vers seize heures, elle réalisa qu'elle mourait à nouveau de faim et après s'être badigeonnée d'écran total, elle se dirigea, *Anna Karenine* sous le bras (elle était au milieu de la page huit), vers le bar de la plage où elle commanda un jus de fruits et une assiette de frites.

Alors qu'elle avalait sa dernière frite en terminant la page neuf de son bouquin, Mark apparut, les bras chargés de deux masques, deux tubas et quatre palmes.

— Snorkeling ?

— Tu t'arrêtes jamais ? demanda Juliette sans lever la tête.

— Non, sinon je meurs d'ennui. Tu es restée ici toute la journée à te cuiter au lieu de plonger ?

— C'est un jus de fruits, pas un cocktail, répondit-elle en fermant son livre. Et je te rappelle que j'ai failli mourir d'une insolation hier.

Il rit.

— Tu m'as l'air en pleine forme. Tu as fait quoi aujourd'hui ? Je suis passé à ton bungalow ce midi, mais tu n'y étais pas.

Elle était heureuse d'apprendre qu'il l'avait cherchée et elle rassembla ses affaires pour le suivre. En chemin, elle lui raconta sa journée en détail. Il la félicita pour ses recherches et lui conseilla d'envoyer balader Christelle Crogue. C'était étrange comme tout paraissait toujours simple avec lui et si compliqué quand elle se retrouvait toute seule. Ils arrivaient au bord de l'eau et Juliette ne put réprimer un coup d'œil intéressé vers le torse de Mark quand il se déshabilla. Il surprit son regard et un éclat amusé alluma un instant ses yeux bruns. Juliette se souvint qu'il avait refusé de l'embrasser quand elle lui en avait offert la possibilité et elle rosit sous ses coups de soleil. Il lui tendit son tee-shirt.

— Tiens, enfile ça, avec la réflexion de l'eau tu vas brûler, même avec de la crème.

Elle le remercia. Lui ne se souciait plus d'étaler de la crème solaire sur sa peau déjà bronzée. Ils ajustèrent leurs masques et s'avancèrent dans l'eau, abandonnant leurs affaires sur le rivage. À un mètre de profondeur à peine, ils apercevaient déjà des poissons multicolores et de petits crustacés. Ils nagèrent en silence dans l'eau tiède jusqu'à la barrière de corail, Mark lui montrait du doigt des animaux bizarres. Souvent il s'éloignait, plongeait plus profond pour explorer les recoins sombres ; Juliette restait au niveau de la surface, inspirant et expirant avec soin dans son tuba en observant la faune de loin. Alors qu'elle examinait un poisson-clown, elle sentit la main de Mark saisir la sienne. Surprise, elle se retourna. Sans sortir la tête de l'eau, il posa un doigt sur ses lèvres et forma un rond avec son pouce et son index pour lui signifier que tout allait bien. Juliette, intriguée, lui répondit de la même manière et il lui indiqua alors, à quelques mètres, une ombre avec deux ailerons sur le dos et deux pupilles noires qui s'ouvraient comme des fentes dans l'épais cuir gris. Juliette écarquilla les yeux. Ils étaient à moins de cinquante mètres du bord et ils nageaient avec un requin. Elle broya la main de Mark, mais le requin avait l'air de se ficher d'eux comme de l'an quarante. Il leur jeta à peine un regard méprisant avant de poursuivre sa route. Juliette n'aurait lâché pour rien au monde la main rassurante de Mark. Voyant qu'elle ne paniquait pas, il voulut se rapprocher de l'animal, mais elle secoua la tête. Il comprit et ne bougea plus. Côte à côte, ils attendirent que le requin s'éloigne, puis ils reprirent le chemin du rivage, toujours main dans la main en observant sur le sable les petits poissons jouer entre les algues et les coraux. Juliette s'applaudit intérieurement de son flegme apparent face au danger, même si son calme n'était en réalité que le résultat d'une complète crise de tétanie alors que sous son crâne se déroulait une crise d'hystérie digne d'une psychose hitchcockienne. L'essentiel était que Mark ait cru qu'elle avait surmonté sa peur des requins comme une adulte responsable, ce qu'elle ne démentirait pas.

Il ne lui lâcha pas la main tout de suite, il la garda dans la sienne jusqu'à ce qu'ils sortent la tête de l'eau. Elle espérait qu'il la lui reprendrait une fois sur la plage, mais il n'en fit rien. Ils rassemblèrent leurs affaires, dégoulinant d'eau salée, la marque rouge du masque incrustée sur le visage. Le soleil avait baissé sur l'horizon et Juliette avait la chair de poule. Mark la dévisagea longuement et elle remonta son paréo sur sa poitrine avec la sensation que son maillot de bain était devenu transparent.

— Je vais me doucher, dit-elle.

Il ne la lâchait pas des yeux et elle rougit.

— On dîne ensemble ?

Elle baissa la tête, prétendant secouer le sable humide qui collait à ses palmes.

— Oui, pourquoi pas, je serai prête d'ici une heure.

Il lui prit les palmes des mains.

— Laisse, je m'en occupe, on se retrouve à vingt heures.

Juliette le remercia et s'éloigna d'un pas vif.

29.

MARK UN, NICO ZÉRO – BALLE AU CENTRE

Sous la douche, Juliette contrôla son épilation. À vue de nez elle aurait pu être acceptable, mais au passage de sa main sur ses jambes, ça picotait. Elle sortit son rasoir de secours, autant être prête à toute éventualité. Elle se badigeonna d'huile à la noix de coco, se parfuma et enfila des sous-vêtements 1) assortis, 2) en dentelle, 3) noirs. Tout cela n'était en aucun cas corrélé, bien sûr, avec l'agréable brûlure, un peu électrique, déclenchée au creux de son ventre à chaque fois qu'elle se repassait l'instant où Mark lui avait pris la main. Elle enfila une robe rouge décolletée dans le dos. Elle avait lu dans *Grazia* qu'une femme en rouge est jugée en moyenne vingt pour cent plus attirante par les hommes (et par les taureaux aussi d'ailleurs, analogie intéressante qui n'avait pas été mise en perspective par le magazine). Elle n'avait pas, mais alors pas du tout, l'intention de faire quoi que ce soit avec Mark, elle voulait simplement se sentir jolie. Après tout, elle était en vacances, elle était là pour s'amuser, il n'y avait pas de mal à profiter d'un petit flirt et puis ça ferait les pieds à Nicolas de la voir arriver aussi sexy au restaurant.

Ils dînèrent au son des vagues qui viennent s'éteindre sur la plage au coucher du soleil, une bougie en arbitre. Pour une fois, Mark parlait à peu près sérieusement et Juliette l'interrogea sur son enfance. Il était né à New York, son père travaillait dans la finance et avait été ruiné par un investissement malheureux. Sa mère, mariée pour le meilleur et pour le pire, mais à condition que son mari reste riche, avait jugé préférable de faire ses valises et d'abandonner mari et enfant. Mark et son père étaient alors rentrés en France, complètement fauchés. Jusqu'à tard dans l'adolescence, Mark avait étudié d'arrache-pied à l'école, avec comme seul objectif de gagner suffisamment d'argent pour que sa mère revienne vivre avec eux. Elle n'avait jamais donné de nouvelles, mais il était rentré à Polytechnique et avait décroché un MBA à Harvard. Ils se découvrirent une passion commune pour *Le Club des cinq* et *Le Livre de la jungle*. Juliette lui expliqua qu'elle n'avait pas eu le droit d'aller toute seule à l'école avant l'âge de quatorze ans et lui relata ses étés chez Mamie Jackie. Le temps passait, les gens autour d'eux arrivaient, s'asseyaient, dînaient et repartaient sans même qu'ils s'aperçoivent de leur présence.

Alors que les bougies finissaient de fondre sur les tables désertées, il lui proposa une promenade sur la plage. Elle aurait voulu qu'il lui reprenne la main, mais il lui parlait de sa première boîte, de ses voyages. Ce n'est pas que Juliette s'ennuyait, au contraire, mais elle songeait à l'huile de coco et au maquillage inutiles, à ses sous-vêtements que personne ne verrait et la déception infiltra peu à peu sa bonne humeur. Avec tout le temps qu'ils avaient passé ensemble, il allait bien arriver quelque chose, non ? Il n'allait pas, sous prétexte qu'il était en voyage de noces sans son ex-future femme qui l'avait trompé avec un autre type, ne pas sauter sur l'occasion d'une petite idylle à l'étranger ? Elle aussi, avait le cœur brisé ; ça ne l'aurait pas empêché de coucher avec Mark. Il n'avait pas l'air d'interpréter correctement les longs regards langoureux de Juliette et le grand coup de pied qu'elle lui avait envoyé un peu plus tôt sous la table, dont la finalité était de créer un contact de son pied nu sur son jean. Il fallait décidément qu'elle fasse tout elle-même. Elle fit donc mine de trébucher sur le sable, se tordit méchamment la cheville dans le processus, mais se rattrapa avec naturel au bras de Mark. Pour l'empêcher de tomber il fut bien obligé d'attraper sa main. Enfin. Elle la garda dans la sienne et il ne fit aucun commentaire. Il lui demanda simplement si elle ne s'était pas fait mal. Un peu pâle et les dents serrées, elle répondit que ça allait, en se concentrant pour ne pas boiter.

Elle le fit rire, mais elle ne savait plus à quel sujet, il s'arrêta et se tourna vers elle, les lumières de l'hôtel éclairaient à peine la plage et les bruits, au loin, étaient assourdis. La mer s'étendait à quelques mètres de leurs pieds, sombre dans la nuit chaude. Malgré l'obscurité, elle pouvait voir deux petites flammes brûler dans le regard de Mark. Le silence les enveloppa et elle prit conscience de son odeur, une odeur de savon de Marseille et de sable chaud. Il passa son bras autour de sa taille, puis d'un geste tranquille, il l'attira vers lui. Sans la lâcher des yeux, il passa sa main dans les boucles de Juliette et dans un moment de panique, elle espéra qu'il l'embrasse tout de suite, qu'elle n'ait pas à se poser de question. Elle n'avait plus l'habitude des premiers baisers, elle ne savait plus comment ça marchait. Les mains de Mark vinrent encadrer le visage de Juliette et le contact chaud sur sa peau suffit à dissiper toute trace d'angoisse. Il sourit et se pencha vers elle puis, sûr de lui, comme s'il avait tout le temps du monde, il l'embrassa. La tête renversée en arrière. Elle sentait la chaleur de son corps gagner le sien, elle ne savait plus trop ce qu'il se passait, elle avait la tête qui tournait.

Il la serra plus fort, ses mains descendirent de sa nuque au creux de ses reins. Elle sentit sa respiration s'accélérer, mais il s'arracha à elle et elle resta pantelante, les lèvres humides. Il la prit par la main et l'entraîna en silence vers sa chambre. À plusieurs reprises, il s'arrêta pour l'embrasser à nouveau, à chaque fois de façon plus intense, plus urgente. Elle avait l'impression d'être une vis devant un aimant, attirée par une force chaude, incapable de résister à la nécessité absolue qu'elle avait d'être collée à lui. Il claqua la porte et il allongea Juliette sur le lit, sans lâcher ses lèvres. Il fit glisser la robe par terre avec une facilité déconcertante. Elle déboutonna sa chemise, se cassa un ongle sur sa ceinture, il sourit, il sentait bon, sa peau avait un goût de sel. Ensuite, elle oublia ses coups de soleil, les insectes, les maladies potentielles, le paludisme, la mer et même Nicolas. Mark avait des mains fermes et tièdes sur sa peau. Les yeux grands ouverts, plongés dans les siens, elle se fichait de la lumière, elle ne se demandait pas si elle était trop grosse, correctement épilée, ce qu'il pensait de ses fesses ou de ses seins ou même de ses pieds, ça n'avait pas la moindre importance. Elle se laissa aller et elle sut pourquoi les actrices gémissent dans les films, pourquoi elles se roulent dans les draps avec une fièvre à tomber du lit. Parce que dans les films, les actrices ne font pas l'amour avec des Nicolas, mais avec des Mark.

30.

PROFITE BIEN DE LA PLONGÉE… (TROIS PETITS POINTS)

Juliette se réveilla le sourire aux lèvres, le soleil se glissait par la fenêtre ouverte et la brise entrouvrait les voilages. Comme par réflexe, elle tendit le bras vers le second oreiller, mais sous sa paume le drap était froid. À côté d'elle, la place dans le lit était vide. Elle jeta un coup d'œil à sa montre, il était onze heures passées. Un oiseau sifflotait sur le rebord de bois de la fenêtre, elle n'entendait que le murmure des vagues qui venaient s'échouer sur le sable déjà chaud. Mark n'était ni dans la chambre ni dans la salle de bains. Elle attendit un quart d'heure, pensant qu'il pouvait être sorti faire un tour, et, ne le voyant pas revenir, elle s'habilla et partit à sa recherche.

Elle ne le trouva ni au restaurant ni au club de plongée. Un brin agacée par son absence, elle interrogea l'air de rien le réceptionniste. Elle se sentit rougir sous le regard inquisiteur de l'employé qui, sans faire le moindre commentaire, sortit d'un casier derrière le comptoir une enveloppe blanche, qu'il tendit à Juliette. Elle la déchira pour en sortir une feuille de papier pliée en deux, sur laquelle étaient écrites deux lignes sobres au stylo noir :
« Je dois faire une course à Malé, je ne voulais pas te réveiller. Profite bien de la plongée… M. »

Juliette se tenait immobile devant la réception, perturbée par un flux de pensées contradictoires. Une course ? Il avait couché avec elle, trois fois de suite qui plus est, et il était parti comme un voleur « faire une course » ? Il aurait pu la prévenir de vive voix, ou au moins laisser le message dans la chambre. Et puis, pourquoi un mot aussi froid ? Après ce qui s'était passé entre eux, la moindre des choses aurait été de s'excuser de son départ, de faire référence à la nuit passée. Ce n'était pas si compliqué d'écrire « J'ai passé une nuit extraordinaire, merci ». Un peu trop *Autant en emporte le vent* pour Mark, d'accord, mais pas besoin non plus de la lui faire en mode e-mail professionnel. Un « Je t'embrasse » aurait suffi, voire un simple « Bisous » ; elle se serait même sans doute satisfaite d'un « Biz ». Et puis, pourquoi les trois petits points ? Est-ce qu'il y avait un sous-entendu qui lui échappait ? Quelque chose à interpréter ?

L'employé dévisageait Juliette, navré de la voir froncer les sourcils.

— Il n'a rien dit de plus ? demanda-t-elle.

— Il est parti précipitamment, il a reçu un coup de fil urgent ce matin très tôt, j'ai glissé un mot sous sa porte signalant l'appel. Il est venu rappeler de la réception dix minutes plus tard.

— Mais ce coup de fil, c'était quoi ?

— À mon avis de mauvaises nouvelles vu la tête qu'il a faite… Le bateau pour Malé était sur le départ, il a sauté dedans et n'a pas eu le temps de vous écrire plus longuement.

Juliette lui fit son sourire le plus enjôleur.

— La personne au bout du fil… elle ne vous a pas dit son nom ?

L'employé se racla la gorge, il hésitait, mais sa passion du potin l'emporta sur son professionnalisme.

— Elle n'a pas dit son nom, mais c'était une femme… je ne peux pas vous en dire plus, j'aurais des problèmes.

Juliette n'insista pas et le remercia. Il fallait vraiment qu'elle arrête de se transformer en détective privé à chaque fois qu'elle avait un souci avec un mec. Elle retourna dans son bungalow d'un pas décidé, prit sa serviette de plage et résolut de ne pas s'inquiéter. Elle partait plonger avec le beau Kurt, tout allait bien. Elle avait couché avec Mark uniquement dans l'optique d'un petit flirt de vacances, il pouvait bien aller à Malé retrouver une autre femme si ça lui chantait, elle s'en fichait comme de la dernière marée.

Sauf qu'elle ne s'en fichait pas du tout comme de la dernière marée. À midi, toujours pas de nouvelles de Mark. Au fur et à mesure que les heures passaient, la fausse indifférence de Juliette se transformait en vraie inquiétude. Elle s'interdit d'attendre sur le ponton l'arrivée des bateaux en provenance de Malé et pour occuper son après-midi, elle s'inscrivit à une plongée. Plusieurs fois elle fut à deux doigts de remonter à la surface avant l'heure pour vérifier si Mark n'était pas rentré et Kurt lui reprocha après coup son manque de concentration. Quand enfin ils revinrent sur terre, elle enleva son masque trop vite et s'arracha une bonne dizaine de cheveux, collés par le sel à la lanière en caoutchouc, ce qui acheva de la mettre d'une humeur massacrante. Kurt, la voyant s'empêtrer dans sa combinaison, accourut à son secours.

— Tu fatiguée Juliette, laisse je ranger matériel pour toi.

Juliette refusa. Elle devait apprendre à démonter ses bouteilles et à les remonter toute seule si elle voulait réussir son PADI et au stade où elle en était, devenir professeur de plongée sur une île déserte semblait être sa piste de carrière la plus prometteuse. Elle détacha la bouteille de son gilet avec des gestes brusques et jeta sa combinaison dans le baquet d'eau douce sous le regard alarmé du responsable du centre qui s'inquiétait pour son matériel. L'air désolé de Kurt l'irritait, elle n'avait pas envie qu'il s'apitoie sur elle. Elle rangea son matériel en silence, dit au revoir et s'éloigna le plus vite possible. Elle passa au bungalow de Mark, frappa à la porte, mais personne ne répondit. Il était dix-sept heures passées et ses derniers espoirs s'envolèrent. Une fois de plus, elle s'était fait embobiner comme une cruche. Elle rentra à son bungalow résignée et déprimée.

Au restaurant, aussi solitaire et délaissée parmi les amoureux transis qu'un sapin de Noël dans un champ de tournesols, elle fit semblant de ne pas apercevoir Caroline et Nicolas qui s'installèrent main dans la main à la table la plus éloignée de la sienne. Tout le monde avait dû la voir dîner avec Mark la veille, repartir avec Mark, embrasser Mark. Elle devait passer pour une vieille fille fraîchement débarquée aux Maldives dans le but de mettre le grappin sur un pauvre type qui venait de rompre ses fiançailles. Ce qui était sûr, c'est qu'il pouvait toujours courir pour qu'elle lui pardonne. Il pouvait bien la supplier, elle ne céderait pas, elle ne lui adresserait plus jamais la parole. Elle passerait la fin des vacances seule, à plonger avec Kurt, tout en espérant que Mark mourrait d'une narcose à l'azote. Ce dernier point étant malheureusement peu probable puisque Mark ne reviendrait pas. À vingt et une heures, il était maintenant officiel qu'il avait préféré partir en courant en abandonnant l'intégralité de ses affaires plutôt que de passer un instant de plus avec elle, de la même manière que Nicolas avait préféré partir en courant coucher avec sa meilleure copine plutôt que de l'épouser.

— Salut, Juliette.

Comme si de rien n'était, Mark posa les mains sur ses épaules, lui déposa un baiser sur la joue, puis il s'assit devant elle, déplia sa serviette avec un tel naturel que Juliette resta sans voix. Il portait une chemisette froissée à carreaux verts du plus mauvais goût, ce qui lui ressemblait peu, et arborait un air contrarié. Elle décida de ne pas répondre, il lui prit la main et elle la retira, il la dévisagea, déconcerté, puis, presque timidement, il sortit un petit paquet de sa poche.

— Tiens, je t'ai rapporté ça.

Elle hésita, tiraillée entre la colère et la curiosité. Elle devait bien admettre qu'il n'avait pas l'air de revenir d'une virée en amoureux, il avait même l'air fatigué et abattu. Elle finit par se saisir du paquet tout en conservant un regard glacial pour faire bonne mesure. Elle ouvrit l'emballage et fit tomber dans le creux de sa paume un collier de petites perles de verre brunes et orangées qui brillaient à la lumière des bougies. Elle aurait sans doute dû le lui jeter à la figure, mais c'était beaucoup trop joli. Mark se leva alors, il fit le tour de la table et prit le collier des mains de Juliette. Il écarta les boucles brunes, lui effleurant la nuque au passage pour l'attacher autour de son cou. Elle ouvrit la bouche pour protester, mais il déposa un baiser sur son épaule avant de se rasseoir et tout ce qu'elle put dire fut :

— Merci.

Il lui fit un clin d'œil, reprit sa main et se mit à caresser doucement sa paume.

— Je me suis dit que ça irait bien avec ton bronzage bicolore.

Il y eut un silence. Elle ne pouvait pas le laisser s'en tirer comme ça.

— Tu étais où ? demanda-t-elle.

— À Malé. Pourquoi ? Ils ne t'ont pas donné mon mot ?

— Si. Tu faisais quoi à Malé ?

Il hésita, son regard s'assombrit.

— J'avais des problèmes personnels à régler.

Elle ne disait rien, elle n'avait pas la force de retirer sa main. Elle n'aurait pas dû se fier à lui, elle ne le connaissait pas. Déjà qu'elle avait eu tort de faire confiance à Nicolas après des années de vie commune… Puis il se pencha vers elle, ses yeux sombres plongèrent dans les siens, ses mains chaudes remontèrent le long des bras nus de Juliette pour venir se poser sur son cou d'un geste propriétaire et elle se surprit à songer que ce n'était pas une mauvaise idée qu'elle ait mis son Wonderbra rouge.

— Tu as encore faim ? demanda-t-il.

Son assiette était encore aux trois quarts pleine, mais elle secoua la tête. Il se leva, la prit par la main d'autorité et à la serveuse qui les regarda passer d'un air surpris, il dit :

— Mettez la note sur le bungalow huit.

La porte de la chambre de Mark était à peine refermée que d'un seul geste il avait fait glisser les bretelles de la robe d'été qui atterrit par terre. Au moment où il souleva Juliette pour la porter vers le lit, la tête enfouie dans son cou, elle se dit que tout compte fait, elle réfléchirait plus tard à cette histoire de course à Malé, dans l'immédiat, ce n'était pas la priorité.

31.

SUEURS FROIDES

Avec la poisse qui la poursuivait ces derniers temps, comment avait-elle pu agir de façon aussi stupide ? Ça lui apprendrait à ignorer son horoscope pendant une semaine. Ça lui apprendrait à se conduire comme une gourde amoureuse, indifférente à tous les dangers. Si ça se trouve, elle allait mourir. Sa mère ne lui pardonnerait jamais. Elle la déshériterait. La connaissant elle était tout à fait capable de déshériter une morte. Juliette voulut appeler, mais quand elle ouvrit la bouche, une vague l'attaqua au visage et elle avala un litre d'eau salée. S'étranglant à moitié dans son propre cri, elle continuait sans succès de faire des signes vers le bateau qui s'éloignait.

Mark sortit la tête de l'eau. Elle détestait qu'il descende en apnée pour explorer les fonds marins, elle imaginait toujours qu'il n'aurait pas assez d'air pour remonter. Il ôta son masque de plongée.

— Pourquoi tu fais cette tête ? Où est le bateau ?

— Ils sont partis…

Il y eut un court silence, puis Mark sourit, rassurant.

— Ce n'est pas grave, on va nager.

— Nager ? Mais tu as la moindre idée d'où est l'hôtel ?

— Tu te souviens du dernier hôtel qu'on a dépassé avant de s'arrêter ici, celui avec les bungalows sur pilotis ?

— Oui, dit Juliette un peu rassurée par son sang-froid.

— C'est la terre la plus proche, il faut revenir en arrière, ma puce.

Le jour tombait, une brise légère s'était levée et l'eau d'ordinaire transparente et tiède devenait de moins en moins accueillante. Elle s'étendait comme un drap sombre à perte de vue, froissée de petites vagues hargneuses. Le bruit du moteur avait été englouti par l'horizon et ils n'entendaient plus que le clapotis de l'eau. La situation était objectivement catastrophique, mais Mark l'avait appelée « ma puce », elle pouvait bien crever déshéritée et dévorée par les requins, ça n'avait plus la moindre importance.

Trois jours s'étaient écoulés depuis l'excursion mystère de Mark à Malé et ils avaient passé chaque instant ensemble, exception faite des moments où Juliette suivait ses cours de plongée avec Kurt.

Comme les autres couples de l'île, ils vivaient dans une bulle invisible de bonheur rayonnant, occupant leurs journées à se promener main dans la main sur la plage l'air béat, à dormir ou à lire (Juliette avait enfin atteint la page douze d'*Anna Karenine*, et comme il ne s'était encore rien passé, elle avait abandonné), collés l'un à l'autre dans le hamac qui grince et qui, la veille, s'était écroulé sous leur poids. Ils avaient multiplié les fous rires et les conversations jusqu'à tard dans la nuit, ils avaient fait l'amour à toutes les heures de la journée, environ huit cent quatre-vingt-douze fois. Juliette pensait de moins en moins à Nicolas et Caroline. Elle les avait croisés deux ou trois fois, ils s'étaient salués froidement quand il s'était révélé impossible de s'ignorer. Pendant un instant, la bulle protectrice était crevée, Juliette était à vif, vulnérable, puis Mark passait son bras autour de ses épaules et ses chagrins s'envolaient.

Le matin même, Mark avait décidé qu'ils partiraient en excursion. Il affirmait qu'on ne visitait pas un pays enfermé dans un hôtel cinq étoiles et la journée qui s'était écoulée valait bien la peine d'abandonner leur petit coin de paradis pendant quelques heures. Juliette avait annulé sa plongée du jour et ils s'étaient embarqués à l'aube sur un bateau à fond de verre à destination d'une île voisine avec une vingtaine d'autres touristes. Ils avaient flâné dans le marché local, Mark avait même fait l'acquisition d'un kilo de sardines, achetées à une petite fille qui marchandait ses poissons debout sur un étalage. Juliette avait essayé des vêtements colorés par dizaines au milieu des cris, des rires et des effluves de viande grillée, elle avait négocié plusieurs sortes d'épices qu'une vieille dame au visage chiffonné de rides avait disposées avec soin dans de petits sacs de toile multicolores. Mark s'était moquée de Juliette, soutenant qu'elle ne savait pas marchander et qu'elle s'était fait arnaquer comme une touriste. Ils avaient déjeuné dans un restaurant du village où Mark avait gracieusement offert les sardines au cuisinier pour le remercier du repas qu'on leur avait servi. Son plat était tellement épicé qu'il avait passé une heure entière rouge comme une tomate, à transpirer toute l'eau de son corps sous l'œil amusé de Juliette. La journée avait été parfaite, à l'image des quelques jours précédents, jusqu'au retour, où les choses s'étaient gâtées.

Le conducteur du bateau à fond de verre, un Anglais bedonnant à la retraite, enchaînait les bières comme si c'était de l'Oasis en hurlant de rire devant son gouvernail. Il avait proposé de s'arrêter une demi-heure en haute mer pour que les passagers observent une épave de bateau recouverte de coraux multicolores. Bousculade pour accéder à la vitre sale, on ne voyait rien et les vacanciers avaient réclamé l'autorisation de se baigner. Le conducteur avait accepté à condition qu'ils ne s'éloignent pas et reviennent quinze minutes plus tard. Mark, qui avait prévu l'arrêt en mer, avait alors sorti de son sac à dos deux masques et deux tubas providentiels.

Il avait voulu voir l'épave, puis il avait pris une tortue en filature, il s'était éloigné et Juliette avait suivi et voilà comment ils se retrouvaient seuls, au milieu de l'océan à regarder le bateau disparaître. Le chauffeur irresponsable ou ivre n'avait pas recompté ses passagers, il avait sûrement jeté un coup d'œil aux alentours, mais il suffisait qu'une vague ait caché à ce moment-là le bout de leurs tubas pour qu'il ne les ait pas aperçus.

Mark eut un sourire encourageant, le sourire de quelqu'un qui pense que tout va bien, mais il y avait une lueur d'inquiétude dans son regard.

— Tu connais la direction ? demanda Juliette.

— Oui, ne t'inquiète pas, ce n'est pas très loin.

Juliette avait froid, mais elle s'appliquait à décrire de longues brasses. Régulièrement, Mark se retournait pour voir si elle suivait, il l'encourageait gentiment. Elle serrait les dents, répondait que tout allait bien et nageait de plus belle. Elle avait la chair de poule, la lumière diminuait de plus en plus. Kurt lui avait raconté par le menu ses plongées de nuit et elle songeait à ses descriptions de crustacés géants et de murènes qui surgissent de l'obscurité quand on ne s'y attend pas. Il lui semblait qu'ils nageaient depuis plus d'une heure, peut-être plus, Mark affirma que ça faisait à peine vingt-cinq minutes. L'île n'apparaissait toujours pas, Juliette avait faim, mais il lui semblait qu'il n'y avait rien de plus important à cet instant que chacune de ses brasses, que le monde entier était focalisé sur ses mouvements. Malgré tout, elle faiblissait, elle sentait une crampe se former dans son mollet. L'eau devenait de plus en plus épaisse, de plus en plus difficile à écarter. Ça faisait trop longtemps qu'ils nageaient dans l'eau froide. Elle dit à Mark qu'elle avait un mauvais pressentiment et qu'ils allaient sans doute se noyer. Elle songea subitement qu'elle n'avait jamais pensé à rédiger un testament. Il considéra comme approprié de sourire de ce constat dramatique. Il lui répondit qu'elle n'allait pas mourir, elle allait juste devoir faire un peu de sport. Cela dit, il n'avait pas l'air totalement serein.

Dans un faux mouvement elle avala une gorgée d'eau amère, le sel lui brûla la gorge, Mark revint alors en arrière, la soutint par les épaules et lui montra au loin la terre et ses lumières.

— C'est bon, Juliette, on est arrivés, encore un effort.

— Tu es complètement inconscient, râla-t-elle.

Elle était exténuée.

Brasse, brasse, brasse.

L'île se rapprochait tout doucement dans la nuit, les lumières flottaient sur l'eau, s'éloignaient et se rapprochaient, de plus en plus brillantes, de plus en plus floues. Juliette ne pensait plus. Elle n'était plus qu'une paire de jambes et une paire de bras, avec un seul objectif, avancer. Elle suivait Mark comme une bouée de secours, les yeux fixés sur la trace blanche de son corps dans la mer sombre. Combien de brasses ? Combien de minutes ? Elle aurait été incapable de le dire, puis les épaules de Mark sortirent de l'eau. Au moment où les pieds de Juliette touchèrent le sable, ses jambes devinrent spaghettis. Elle s'effondra et il la rattrapa.

— Pas maintenant ma puce, murmura-t-il, c'est fini, on est arrivés.

Elle se demandait d'où provenait la chaleur dans la voix alors que tout en elle était glacé. Elle avait conscience que l'eau ne pouvait pas être si froide, ils étaient tout de même aux Maldives, mais l'effort avait drainé toute chaleur hors de son corps. Mark la porta jusqu'à la plage. Il l'embrassait, il séchait ses larmes et elle s'accrochait à lui comme s'ils étaient encore dans l'eau, il riait doucement, lui disait qu'elle était folle, mais elle s'en fichait. Elle avait l'impression de flotter encore sur les vagues, que le sable se mouvait comme une eau agitée et qu'elle était ballottée par les remous.

La plage donnait sur un très bel hôtel, des lanternes rouges oscillaient dans l'obscurité, suspendues aux toits des paillotes. La lumière chaleureuse, à elle seule, les réchauffa un peu. Juliette s'assit sur le canapé aux coussins beiges de la réception. Quelqu'un leur donna des serviettes sèches. Mark raconta leur mésaventure aux quelques employés de l'accueil. À quelques mètres, on entendait le bourdonnement des discussions et des rires de la salle de restaurant, une douce odeur de viande grillée flottait dans la nuit. Mark donna le nom de l'hôtel, demanda s'il pouvait leur téléphoner pour qu'ils viennent les chercher, ce qu'on lui accorda tout de suite.

— Mark Lenault, bungalow huit, expliqua-t-il dans le combiné.

Juliette, assise sur le canapé, incapable de faire le moindre effort, eut envie de rire. Elle avait passé plusieurs dizaines d'heures dans le bungalow de Mark à faire des choses dont le souvenir l'aurait fait rougir s'il était resté la moindre chaleur dans son corps, ce qui n'était pas le cas, et pourtant, elle ne lui avait jamais demandé son nom de famille. Lenault. Elle avait déjà entendu ce nom-là quelque part. Où ? Il faudrait qu'elle demande à Mark s'il n'avait pas fait appel à CleanOffice un jour, c'était peut-être un client qu'elle avait croisé dans un couloir.

Il était trop tard pour que leur hôtel envoie un bateau les récupérer et Mark était en train de négocier une chambre sur place, ce qu'il obtint sans aucune difficulté. La porte de la chambre était à peine refermée qu'ils se jetèrent sous la douche. Ils restèrent un long moment sous l'eau chaude, jusqu'à ce que Juliette, la joue appuyée sur la poitrine de Mark, arrête de claquer des dents. Il lui caressait les cheveux, le visage, murmurait à son oreille de sa voix grave qu'elle avait été forte, courageuse, un vrai petit soldat, et elle décida d'y croire.

Ils commandèrent à dîner et choisirent tout ce qui était chaud sur le menu du room service. Juliette, enveloppée dans un peignoir aussi épais qu'une couette, mangea comme quatre sans cas de conscience, histoire de compenser les milliers de calories très certainement dépensées à lutter contre la mort. Elle commença par la soupe, qu'elle vida d'un trait, elle avala une assiette de frites, trois brochettes de poulet grillé, des crudités, but un puis deux verres de vin. Tout ce qu'elle voyait devant elle, il lui semblait primordial de l'engloutir. Mark l'observait en silence et il lui semblait que son regard la réchauffait. Ils ne parlaient pas, ce n'était pas la peine.

Juste avant de s'endormir, bercée par les caresses de Mark, accrochée à lui comme un escargot à sa coquille, elle songea qu'elle ne s'était jamais sentie aussi vivante, aussi en sécurité que là, serrée contre lui, à l'autre bout du monde – à peine plus d'une heure après avoir frôlé une mort atroce, d'accord. Peut-être pas une mort atroce, peut-être seulement une crampe atroce. Voire peut-être seulement une crampe normale, mais quand même. Elle aurait voulu rester longtemps, le plus longtemps possible. Ne jamais rentrer.

32.

SANITAS PER AQUAM (SPA)

Juliette se laissait bercer par une musique zen jouée par une harpe invisible. Des bouquets de fleurs fraîches embaumaient l'atmosphère apaisée du spa de l'hôtel. Une employée souriante aux yeux baissés lui servit un thé glacé au gingembre, puis l'invita à la suivre. Juliette s'allongea sur une table de massage dressée au milieu d'un jardin en bord de mer, la brise tiède de l'océan venait caresser sa peau, le murmure de l'eau et les gazouillis des oiseaux charmaient ses oreilles. Allongée sur le ventre, elle posa sa joue sur le coussin en percale et ferma les yeux. Elle reprenait l'avion l'après-midi même et elle n'aurait pu rêver mieux pour son dernier jour.

Alors que la jeune fille, qui s'était présentée sous le nom de Suha, commençait à la masser, la nostalgie envahit Juliette. Les derniers jours s'étaient écoulés dans une perfection béate digne de l'épisode le plus exalté des *Feux de l'amour.* Elle n'avait pas quitté Mark d'une semelle de tong. Il l'avait même accompagnée à toutes les plongées d'entraînement nécessaires dans le cadre du passage du PADI, bien qu'elles ne présentent aucun intérêt pour un plongeur expérimenté comme lui. Elle en avait presque oublié Nicolas, rentré en France quelques jours plus tôt avec Caroline.

La veille, Juliette avait officiellement été brevetée du PADI, ils avaient fêté sa réussite au champagne sur la plage et elle crânait autant que si on lui avait décerné la Légion d'honneur. Elle avait feuilleté, lu et relu son carnet de plongée un nombre incalculable de fois, caressé du doigt les tampons de certification sur les pages un peu gondolées par l'humidité.

Kurt l'avait enlacée de ses bras musclés, serrée sur son torse d'athlète, et avait déclaré de sa voix virile :

— Ah, Juliette c'était si *marvelous* de faire la classe avec toi, tu es un naturelle en plongée, j'espère que tu viens encore le prochain année, pour nous plonger avec les requins.

Et Timothy avait fait de même en louchant dans son décolleté et lui avait dit :

— On déchire, meuf, on déchire grave.

Au souvenir de sa première rencontre avec Mark, Juliette ne put retenir un sourire amusé. Depuis, il s'était révélé très différent de ce que la première impression avait laissé supposer. Il ne parlait toutefois que du présent ou du futur très proche et Juliette ignorait ce que deviendrait leur relation de retour en France. Tellement de changements en dix jours, tellement de changements en quelques mois. Malgré sa mélancolie, elle avait hâte de savoir ce qui l'attendait à Paris. Elle s'efforcerait de mener à bout son projet de traiteur à domicile. C'était terrifiant, mais elle verrait bien.

Au bout d'une heure le massage se termina et Suha fit asseoir Juliette sur un canapé face à la mer. Elle lui apporta un jus de mangue et des magazines, puis repartit en la saluant les deux mains jointes, les paupières toujours baissées dans son visage de poupée. Juliette s'enfonça dans les coussins blancs avec un soupir enchanté. Elle saisit le premier magazine sur la pile, le dernier numéro de *Gossip*, la bible des magazines people selon Chiara, daté de l'avant-veille. Le sourire de Sarah Lamour illuminait la couverture. Juliette regrettait de ne pas avoir vu trace de l'actrice pendant son séjour aux Maldives, mais peut-être les informations de Chiara sur le sujet étaient-elles erronées. Elle examina la jeune femme, ses grands yeux bleu foncé brillaient d'une sensualité à l'état brut, un sourire mystérieux, presque ironique, s'esquissait sur ses lèvres pleines. La photo avait été prise au Festival de Cannes l'été précédent, Juliette s'en souvenait car les quelques rares centimètres carrés de tissu pailleté qui constituaient la robe de l'actrice avaient fait sensation. Sur une photo plus petite en bas à gauche de la couverture, elle était assise en robe d'été à la terrasse d'un café minable, avec un homme vêtu d'une chemisette verte à carreaux très moche qui lui était vaguement familière. Juliette, intriguée, se pencha pour voir l'image de plus près. Et le titre lui arriva comme une gifle en pleine figure : « Sarah et Mark : réconciliation aux Maldives ? ».

Subitement, elle eut envie de vomir.

33.

DE LA NÉCESSITÉ DE LIRE LA PRESSE PEOPLE, PAR JULIETTE CHARPENTIER

Les mains tremblantes, elle ouvrit le magazine, tourna les pages.

Évidemment.

Mark Lenault et Sarah Lamour.

Leurs photos s'étaient étalées à la une des journaux people pendant des semaines au moment de l'annonce de leur mariage, puis à celle de leur rupture. Sans compter Chiara, qui commentait la vie de Sarah et de Mark comme s'ils étaient ses meilleurs amis. Comment avait-elle pu ne pas le reconnaître ? Et Mark ? Mark qui parlait de son ex Sarah comme si c'était Sarah Dupont. Il n'aurait pas pu dire, bien sûr, « Sarah, mon ex, superstar hollywoodienne ». Les photos dataient du jour où il était parti à Malé à l'improviste, Juliette se souvenait de l'affreuse chemise verte. Sarah et Mark discutaient, leurs lunettes de soleil plantées sur le nez, à la table d'un boui-boui. Les clichés pris de loin avec un téléobjectif n'étaient pas très nets. Sur l'une d'elles, on voyait clairement Sarah, le front appuyé sur sa main droite, comme si elle pleurait et la main de Mark sur sa main gauche. Juliette se rappela l'air sombre de Mark, le soir où il était rentré de Malé, son silence. Sur la dernière photo, sans doute prise au moment où ils se quittaient, Sarah entourait Mark de ses bras, appuyait sa tête sur son torse. Juliette dévora l'article trois fois de suite, essayant de lire entre les lignes, de décrypter le vrai du faux.

On y relatait toute leur histoire, de leur rencontre à leur rupture. Mark, vingt-cinq ans, débutait un MBA à Harvard après le succès de son premier site Internet. Sarah, vingt-deux ans, avait un rôle secondaire dans une petite pièce jouée dix fois dans l'année à Boston et travaillait à mi-temps comme serveuse dans un restaurant français de Beacon Hill. Ils se rencontrent, c'est le coup de foudre. Puis Mark avait soutenu Sarah pendant cinq ans financièrement et moralement, jusqu'à ce qu'elle joue dans le court-métrage *Blood, Sex and Other Cool Stuff* avant d'être propulsée au firmament par le succès de son premier long-métrage, *Dieu s'habille en Zara*, où son accent français avait touché Hollywood en plein cœur. Lui, de son côté, lançait une nouvelle boîte de développement de sites Internet pour les

PME, puis créait un logiciel de yield pour optimiser les prix des hôtels et revendait les deux quelques millions d'euros à un fonds d'investissement américain. Juliette tombait des nues. Elle avait couché avec un millionnaire, accessoirement fiancé à une star du cinéma. Et bizarrement, la seule chose qui lui venait à l'esprit c'était : *Chiara ne me croira jamais.* Après plus de six ans de relation et une demande en mariage sur une plage de Bali, le succès avait tourné la tête de Sarah. Elle avait entamé quelques mois plus tôt une liaison avec le réalisateur de son prochain film. Les fiançailles furent rompues quelques semaines avant le mariage. Le voyage de noces était prévu aux Maldives, Mark y était parti seul. On supposait que Sarah, dans une ultime tentative de réconciliation, n'avait pas hésité à traverser la planète en première classe pour récupérer son Mark. Ce que le journaliste ignorait, c'est si la réconciliation avait abouti. Sarah avait pleuré pendant la discussion, Mark l'avait consolée. Le journaliste concluait que Mark s'était isolé sur une île des Maldives pour se ressourcer et faire le point et reviendrait avec une décision qu'on espérait indulgente et un bronzage de rigueur.

Lentement, Juliette referma le magazine. Malgré le soleil qui tapait, elle se sentait glacée. Elle n'était qu'une courge. Courge de ne pas l'avoir reconnu. Courge d'avoir imaginé que leur histoire représentait plus pour lui qu'un flirt de vacances. Il l'avait utilisée pour passer le temps, voilà tout. Horrifiée, elle examina pour la quinzième fois les photos de Sarah Lamour, ses yeux immenses et bleus, ses longues jambes parfaites et bronzées même en plein hiver, les longs cheveux dorés. Elle était tellement mince, tellement élégante. Juliette rougit de honte d'être passée après elle. Il avait dû comparer, il avait dû la trouver grosse, négligée et moche. Il avait dû juger assommantes ses petites histoires de boulot, de cuisine, ses angoisses, après Sarah Lamour qui devait lui raconter ses tournages à l'autre bout du monde avec tout le gratin d'Hollywood.

Juliette prit conscience des yeux de Suha fixés sur elle. La jeune fille la dévisageait avec curiosité. Avait-elle volontairement déposé le magazine sur le haut de la pile pour que Juliette le voie ? Les paroles de Kurt sur le fait que des « étoiles » résidaient souvent à l'hôtel lui revinrent. Juliette comprenait maintenant qu'il parlait de Sarah. Tout le monde ici savait qui étaient Mark et Sarah, le staff avait dû guetter leur arrivée, imaginer des scènes glamour… Et à la place, ils avaient vu débarquer un homme seul, au cœur brisé. Un homme seul, qui se tape la courge (car seule aussi) du bungalow d'à côté. Oui, oui, celle qui a la moitié droite du visage rouge vif et qui a hurlé quand elle a vu une araignée au restaurant l'autre jour. Ils devaient tous se demander comment il avait pu tomber aussi bas. Et elle ne leur en voulait pas, elle-même se le demandait. Elle ne pleurerait pas en public. Elle glissa le magazine dans son sac, avala d'un seul trait le jus de mangue et lui trouva un goût de pierre. Elle se leva, dit au revoir à Suha avec un sourire forcé et s'échappa du spa, la tête haute.

Sa valise était prête. Elle l'avait achevée le matin même alors que Mark s'évertuait à en ressortir ses sous-vêtements et à les jeter à l'autre bout de la chambre en lui ordonnant de rester. Ils avaient prévu de se retrouver pour le déjeuner et une dernière promenade sur la plage. Lui restait aux Maldives encore quarante-huit heures. Le souvenir de sa voix fit mal au cœur à Juliette. Il affirmait qu'elle allait lui manquer, mais il avait couru retrouver son ex-fiancée le lendemain de sa première nuit avec Juliette et s'il avait eu l'intention de la revoir à Paris, ne lui aurait-il pas déjà demandé son numéro de téléphone ? Marre de se faire avoir. Il fallait qu'elle arrête de s'attacher aussi facilement à tous les crétins qui passaient dans son champ de vision. Nicolas ou Mark, au fond, c'était le même baratin et pour une fois, c'était elle qui allait décider de la suite des événements. Arrivée dans sa chambre, elle décrocha le combiné du téléphone pour appeler la réception.

— Bonjour mademoiselle, que puis-je pour vous ?

— À quelle heure part le prochain bateau pour Malé ?

— Il y en a un qui part dans dix minutes.

— Très bien, attendez-moi, je dois le prendre de toute urgence, dit Juliette en raccrochant.

En quelques minutes, elle s'était changée, avait enfilé un jean, une paire de Converse et un tee-shirt à manches longues. Elle avait discipliné en hâte ses cheveux bouclés dans une queue-de-cheval haute et elle avait couru jusqu'à l'accueil en traînant sa valise dans le sable.

34.

BYE BYE BABY

Le bateau à moteur attendait déjà au bout de l'embarcadère quand elle atteignit la réception. Elle réclama sa note et régla ce qu'elle devait sans sourciller. Elle n'était plus à ça près.

— Je peux avoir un stylo et une enveloppe s'il vous plaît ?

Le réceptionniste les lui tendit avec un grand sourire.

— Le bateau va partir, mademoiselle, dit l'employé qui venait chercher sa valise.

— Oui, j'arrive tout de suite.

Elle sortit le magazine de son sac, arracha la page où était écrit en gros « Mark et Sarah, réconciliation aux Maldives ? » et écrivit en gros sur le visage de l'actrice « Suis partie faire une course à Paris, je reviens dans deux siècles. Juliette ». Puis elle la plia, la glissa dans l'enveloppe qu'elle ferma et griffonna dessus « Pour Mark Lenault ».

— Bungalow huit, vous lui donnerez de ma part.

— Vous voulez que je lui dise quelque chose de particulier ? demanda le réceptionniste, un peu étonné.

— Pas le temps, cria Juliette, qui courait déjà vers le ponton.

Juliette salua les autres passagers d'un signe de tête, s'assit et chaussa ses lunettes de soleil. Le bateau démarra et elle ne pouvait détacher ses yeux de l'île qui s'éloignait. Au loin, elle imagina les amoureux qui partaient plonger, ceux qui traînaient sur la plage et Mark qui débarquait seul au restaurant, la cherchait des yeux et ne la trouvait pas. Elle regrettait déjà l'eau turquoise, les plongées magnifiques, les paysages extraordinaires, les Maldiviens si accueillants. Bref, tout ce qu'elle avait vécu pendant ces dix jours. Pour se consoler, elle commença à réfléchir à la destination de ses prochaines vacances. Kurt avait conseillé la mer Rouge pour la plongée, il lui avait parlé de l'Australie aussi. Ça paraissait pas mal comme destination, c'était bien loin, bien isolé, il pourrait lui en arriver des choses, là-bas. Elle reviendrait, elle irait ailleurs. Au loin, l'île n'était plus qu'un point sur l'eau turquoise, sans plus d'importance qu'une miette oubliée sur une table de cuisine qu'on vient de débarrasser.

35.

L'AMOUR REND AVEUGLE, APPLICATION PRATIQUE PAR ALPHONSE AMÉDÉE

Juliette, le visage collé au hublot, regardait l'aéroport Charles-de-Gaulle emmitouflé de brume grise apparaître devant ses yeux fatigués. Elle tressaillit à peine quand les trains d'atterrissage touchèrent le bitume. Puis l'avion ralentit, parcourut encore quelques centaines de mètres avant de s'arrêter. Elle était arrivée. Le trajet retour sans surclassement ni Mark avait semblé beaucoup plus long que l'aller. Elle s'étira dans son fauteuil, manqua d'éborgner son voisin, s'excusa, bâilla. Il était tôt, elle avait besoin d'un café. Partie beaucoup trop en avance pour Malé, elle avait poireauté dans une chaleur torride cinq heures de suite avant d'embarquer et elle avait l'impression que le voyage avait duré mille ans. Le froid l'enveloppa dès la sortie de l'avion. Elle rentra le cou dans ses épaules, expira un nuage de vapeur blanche. Bienvenue en hiver. Elle s'entassa avec d'autres passagers dans le bus qui les déposerait au terminal d'arrivée.

Devant le tapis à bagages, elle fit le pied de grue pendant un long moment, tous les voyageurs étaient déjà repartis avec leur valise et le tapis tournait à vide depuis dix bonnes minutes. Elle s'achemina en vieille habituée vers le comptoir « Réclamation bagages ». L'océan, les panoramas turquoise et verts, les bras de Mark, les fonds marins plus beaux que les mondes imaginaires de Walt Disney, tout s'estompait à une vitesse effrayante. Elle revenait seule, sans Nicolas ni Mark, sans valise et sans emploi. Retour à la case départ, à sa vie de chômeuse, célibataire et… non, ne pas s'apitoyer sur son sort, elle s'en sortirait, elle était fatiguée, demain ça irait mieux.

— Bonjour monsieur, je crois que vous avez perdu ma valise.

— Moi je n'ai rien perdu du tout, c'est la compagnie qui perd, pas moi. Remplissez le formulaire, dit l'employé après avoir retiré un écouteur de son oreille avec l'air excédé de quelqu'un qui se demande de quel droit on ose lui demander de faire son travail pendant ses horaires de travail.

Il plaça devant elle un formulaire et un stylo et revint à la série qu'il visionnait sur son Smartphone en éclatant de rire à intervalles réguliers. Juliette remplit le formulaire avec son numéro de vol, son numéro de bagage, l'adresse de Chiara pour la livraison de la valise et son numéro de téléphone.

— Voilà, dit-elle en le rendant à l'homme derrière le comptoir.

Comme il ne réagissait pas, elle lui agita le papier sous le nez et il s'en empara avec un regard furieux. Le professionnalisme de la personne en charge laissait présumer que Juliette ne reverrait jamais ses affaires, mais à bien y réfléchir, elle n'était pas certaine d'en avoir quoi que ce soit à faire.

Elle passa la douane ; elle n'avait rien à déclarer puisqu'elle n'avait plus rien. Il fallait admettre que de ce point de vue là, la perte systématique de sa valise lui faisait gagner un temps considérable. À la sortie, elle chercha des yeux le panneau qui indiquait la direction du RER, mais devant la porte vitrée, à côté d'un homme gris à lunettes, perchée sur douze centimètres de talons Marc Jacobs rose dragée, un Starbucks dans chaque main, Chiara attendait, parfaite dans son manteau parfait, avec ses cheveux parfaits, ses yeux parfaits et son sac à main Prada (et parfait).

— *Cara mia,* cria-t-elle quand elle aperçut Juliette. Et elle accourut bras ouverts. Bizarrement, le bonhomme gris suivit.

Elles s'embrassèrent avec effusion, Chiara lui offrit le café encore vaguement tiède qu'elle tenait dans la main droite.

— Je suis tellement contente de te voir, dit Juliette. Comment va Vittoria ?

L'homme gris à lunettes, qui s'appelait probablement Alphonse, attendait derrière Chiara avec un air des plus inquiétants.

— Elle va bien, elle a repris du poil de la bête ; elle a mis hors d'eux tous les membres du personnel de l'hôpital en leur donnant mille conseils dont ils ne voulaient pas... je pense que la prochaine fois qu'ils la voient, ils la laisseront probablement mourir sur le trottoir.

— Tant mieux, tant mieux... Noël s'est bien passé ?

— Oui, mais on s'en fiche, raconte, toi, ce qui t'est arrivé : des rencontres ? Tu as pu en coller une à ce crétin de Nicolas ? Quand je pense que tu m'as envoyé trois e-mails en dix jours, ta mère m'a appelée tous les jours pour savoir si j'avais des nouvelles, je lui ai menti pour ne pas qu'elle se suicide, fille ingrate.

Alphonse se racla la gorge, Juliette outrée allait lui demander ce qu'il voulait quand Chiara s'interrompit.

— Ah oui, j'oubliais, je te présente Amédée...

Alphonse ou Amédée, elle n'était pas tombée loin, c'était qui ce type ? Le porteur de valises ?

— ... mon copain, termina Chiara avec tout le naturel du monde.

Le Starbucks de Juliette tomba par terre, juste avant sa mâchoire.

— Tu veux dire... ?

Et sous les yeux médusés de Juliette, Chiara attrapa Alphonse-Amédée par le cou et lui roula un palot à faire exploser les verres de ses lunettes en écailles.

Les premiers moments de stupéfaction passés, Alphonse-Amédée se révéla être un gynécologue que Chiara avait rencontré le jour de l'hospitalisation de Vittoria. Ça avait été le coup de foudre immédiat, d'ailleurs, elle nourrissait désormais une passion ardente pour la gynécologie. Alphonse-Amédée hochait la tête en silence, avec un sourire qui lui donna subitement l'air plus sympathique.

Juliette attendit que Chiara termine son histoire, après tout, pourquoi pas, puis elle raconta les siennes : Mark, la plongée, Kurt, Mark, les îles, re-Mark, Nicolas et Caroline. Chiara la bombarda de questions, tomba des nues quand elle comprit que Mark n'était autre que Mark Lenault, l'ex de Sarah Lamour, applaudit à la décision de Juliette de monter sa boîte et s'énerva quand elle apprit sa fuite du dernier jour.

— Tu es partie sans lui laisser ton numéro alors qu'il t'attendait pour déjeuner ? Après la semaine la plus merveilleuse de ta vie ?

— Non, ce n'est pas exactement ça… éluda Juliette.

— Mais si ! C'est exactement ça ! Avec un comportement pareil tu vas rester célibataire toute ta vie, ma vieille.

Juliette n'avait pas envie d'y penser, elles papotèrent pendant tout le trajet. Chiara insista pour entendre le récit de chaque journée dans ses moindres détails, Alphonse-Amédée, qui était finalement plutôt drôle, riait avec elles. Il les déposa en voiture chez Chiara qui repartit directement travailler et Juliette se retrouva seule dans l'appartement.

Soulagée de ne pas avoir de valises à défaire – ça lui aurait sûrement donné le cafard de retrouver des grains de sable dans les plis de ses robes d'été ? – elle se doucha, enfila un vieux jean et un gros pull en laine et se prépara un café avant de se mettre au travail. Elle n'allait pas se laisser abattre. Elle rappela les quelques personnes qui l'avaient contactée pendant ses vacances pour lui demander des devis ou des informations, discuta avec chacune d'entre elles, leur fit des recommandations en fonction du nombre de personnes ou du type de cuisine souhaitée. Elle téléphona aussi à Vittoria pour demander de ses nouvelles, le coup de fil dura une heure et demie, Vittoria était déjà au courant de tout, Chiara avait dû l'appeler du bureau. Elle réprimanda Juliette, ce n'était pas tous les jours qu'on sortait avec un millionnaire qui n'avait pas quatre-vingt-quatorze ans. Quand elle voulut savoir si c'était un bon coup, Juliette prétendit qu'on sonnait à la porte et raccrocha. Elle appela ensuite ses propres parents qui affirmèrent ne pas avoir respiré depuis son départ, elle ne leur raconta rien car ils auraient d'autant plus paniqué, elle se contenta de dire qu'elle avait passé dix jours au bord de la piscine et n'évoqua surtout pas la plongée.

— Bon maintenant que ça va mieux, tu te remets à chercher du boulot ? demanda sa mère.

— Oui, Maman, ne t'inquiète pas, je m'y mets.

Ce n'était qu'un demi-mensonge après tout.

Elle passa le reste de la journée à remplir des formulaires pour déposer le nom de son entreprise – elle l'appela « Les gourmandises de Juliette » –, faire une demande d'immatriculation de la société, une demande de référencement dans l'annuaire, etc. Animée par une excitation incontrôlable, elle dépensa plus d'énergie qu'elle n'en avait jamais dépensé pour son ancien travail. Elle commanda des cartes de visite et créa un blog. En attendant d'avoir un numéro de téléphone professionnel, elle donna le numéro de fixe de Chiara comme numéro de contact. Sur la page d'accueil du blog, elle inséra une photo d'elle dont la sélection prit une bonne heure et demie, elle changea ensuite dix-huit fois le fond du blog pour voir quelle couleur mettait le mieux en valeur son teint. Elle créa des rubriques, menus, recettes, idées. Quand elle eut terminé, elle se rendit compte qu'il était vingt heures trente et qu'elle avait deux messages sur son répondeur. C'était Christelle Crogue, qui lui demandait à nouveau de la rappeler de toute urgence.

36.

CAROLINE, TA GUEULE

— Christelle Crogue, bonjour.

— Bonjour Christelle, c'est Juliette Charpentier.

— Ah Juliette, je suis ravie de vous entendre.

J'aimerais pouvoir en dire autant, songea Juliette.

— J'étais en congés, je n'ai pas pu vous rappeler plus tôt, répondit-elle tout en se disant que ça n'avait pas de sens de dire qu'elle était en congés à quelqu'un qui savait pertinemment qu'elle n'avait plus de travail.

— Pas de problème. Écoutez, je voulais vous parler de quelque chose, en toute confidence, je pense que vous pourrez m'aider à répondre à une question.

— OK, dit Juliette en s'asseyant sur le canapé.

Christelle semblait au bord de la crise de nerfs.

— Vous vous souvenez de cette note de frais que vous n'expliquiez pas ?

— La note de frais Maje ridicule pour laquelle j'ai été virée comme une malpropre ? Non, aucun souvenir.

— Oui, oui je sais, mauvais souvenir, désolée... bref, sur les deux derniers mois, j'ai eu d'autres cas similaires au vôtre. Des notes de frais aberrantes, qui ont entraîné soit un avertissement soit un renvoi.

— Oui...

— Ça me paraissait bizarre, votre cas en particulier, parce que vous n'avez pas l'air d'une voleuse et vous aviez l'air sincère lors de notre... heu... entretien.

— Mon licenciement, vous voulez dire ?

— Oui, votre licenciement, bref...

— Bref, comme vous dites.

— J'ai pas mal réfléchi et j'ai trouvé un point un commun à toutes ces notes de frais.

— Qui est ? demanda Juliette, agacée que Christelle présente les faits comme si elle faisait la lecture d'un roman policier.

— Ce n'est jamais les personnes concernées qui m'ont apporté leur note, vous savez, ça arrive souvent que les dossiers soient regroupés et descendus à la compta par une personne de l'étage pour éviter les trajets, en soi ça n'a rien d'anormal, sauf que là, c'est la même personne qui m'a déposé toutes celles qui ont posé problème... je ne veux accuser personne, comprenez-moi bien, c'est juste une constatation et si ça vous paraît stupide comme hypothèse, je laisserai tomber mais...

— C'est qui ? demanda Juliette en mordant dans un ChocoCookie. Maintenant elle mourait d'envie de savoir.

C'était peut-être une nouvelle méthode radicale de Dark Vador qui avait décidé de réduire les coûts en virant tout le monde ; d'un autre côté, Hervé n'avait jamais descendu ses notes de frais à la compta, d'ailleurs, la seule personne qui descende parfois ses notes de frais à sa place, c'était…

— Caroline Arembert, dit Christelle Crogue.

Juliette s'étouffa avec le gâteau.

— Conasse ! hurla-t-elle dans le téléphone.

— Dites, je sais que vous êtes amies, mais tout de même…

— Non, pas vous, elle, elle, bien sûr ! Juliette s'était levée et avait entamé une série de tours frénétiques du canapé.

— Vous pensez que c'est possible que…

— Mais bien sûr que c'est possible, c'est évident même, elle savait que j'aurais la promotion à sa place. Conasse ! Mon mec et mon job, la même semaine !

— Je vais faire un rapport à…

— Christelle, merci pour tout, je vous rappelle demain.

Juliette raccrocha. En l'espace de dix secondes, elle avait enfilé ses chaussures et son manteau et elle était dehors.

— Mon job et mon mec ! cria-t-elle au voisin au moment où l'ascenseur se refermait, estimant que c'était une raison suffisante pour ne pas retenir la porte.

Le trajet en métro dura une éternité, elle rongeait son frein, la main crispée sur la barre. Enfin, les portes s'ouvrirent à la bonne station, Juliette sortit en courant, remonta la rue et sonna à tous les interphones d'un coup.

— C'est moi ! dit-elle d'un ton enjoué aux inconnus qui décrochaient.

Un bourdonnement se fit entendre et la porte s'ouvrit. Pas compliqué d'être cambrioleur à Paris.

Elle grimpa quatre à quatre les deux étages et laissa son doigt appuyé sur la sonnette.

— J'arrive, j'arrive, cria Caroline de l'intérieur.

À peine la porte était-elle ouverte que Juliette s'engouffra dans l'appartement.

— Juliette, qu'est-ce qui te prend ? demanda Caroline, stupéfaite.

Nicolas apparut, alerté par la violence des coups de sonnette. Quand il aperçut Juliette, un regard inquiet remplaça son sourire poli.

— Qu'est-ce qui se passe ?

Comme quelqu'un qui explique à un enfant quelque chose qu'il refuse de comprendre, Caroline dit :

— Juliette, il faut que tu t'y fasses, Nicolas et moi sommes amoureux et…

— Caroline, ta gueule. Est-ce que c'est vrai que tu as donné une fausse note de frais en mon nom à Christelle Crogue pour être promue à ma place ?

Caroline pâlit sous son bronzage.

— Quoi ? demanda Nicolas.

— Oh toi et tes airs de tomber de la lune, mêle-toi de ce qui te regarde, rétorqua Juliette. Réponds. C'est vrai ?

Caroline avala à grande difficulté sa salive et dut s'asseoir sur une chaise qui se trouvait miraculeusement à portée de ses fesses. Quand elle releva la tête, ses yeux bruns remplis de lassitude, Juliette retrouva un instant la fille timide qu'était Caroline à vingt ans.

— Écoute Juliette, murmura-t-elle, je ne pensais pas que ça irait aussi loin, je pensais que tu aurais juste un avertissement, j'avais tellement bossé pour cette promotion… quand j'ai appris… je n'ai jamais imaginé… je suis désolée. J'ai honte.

Elle se mit à pleurer.

— Tu as honte ? Vraiment ? Je croyais qu'on était amies, que tu me prennes Nicolas, passe encore, j'avoue qu'au fond, tu m'as sûrement rendu service en me débarrassant de ce boulet, mais que tu me fasses virer…

— Quand même… commença Nicolas.

— Silence ! hurla Juliette.

— Je suis désolée, répétait Caroline, je ne pensais vraiment pas… et après, c'était trop tard… je ne savais plus comment m'en sortir.

— En te dénonçant peut-être ? Ça ne t'est pas passé par l'esprit ?

— J'aurais dû, mais j'avais trop peur des répercussions, je ne voulais pas qu'ils me virent.

— Tu ne voulais pas qu'ils te virent ? Non, mais je rêve.

Caroline sanglotait, Nicolas la regardait comme s'il ne la connaissait pas.

— Tu as vraiment fait virer Juliette ? demanda-t-il d'une voix blanche.

— Oui, dit Juliette d'une voix soudain calme, c'est exactement ce qu'elle a fait, vous allez très bien ensemble tous les deux. Deux abrutis malhonnêtes, voilà ce que vous êtes.

Caroline soudain se leva et articula à travers ses larmes :

— Je ne voulais pas te faire de mal… Je ne pensais pas que ça déraperait à ce point. Tu n'en voulais même pas de ce job, Juliette, tu détestais venir au boulot… C'est comme Nicolas, tu aimais l'idée d'être avec lui, mais pas lui vraiment pour ce qu'il était et moi…

Juliette haussa les épaules et l'interrompit :

— Franchement Caroline, je pense que même toi tu sais très bien que ce n'est pas la question.

Nicolas affichait une tête de moineau tombé du nid, Caroline, le visage enfoui à nouveau dans ses mains, n'arrêtait plus de pleurer. Le moment était propice à une sortie en beauté, Juliette tourna les talons et partit en claquant la porte de toutes ses forces.

Le soir, elle raconta la scène à Chiara, qui la félicita chaudement. Celle-ci avait acheté tous les magazines people de la semaine et déclara qu'elle passerait sa vie à les étudier jusqu'à ce qu'elle y lise des nouvelles de Mark et Sarah.

— Je le sens bien ce Mark, j'ai toujours pensé que tu finirais avec un millionnaire et moi avec un kiné.

— Un kiné ou un gynéco ?

Chiara eut un geste indifférent de la main.

— Un kiné, un gynéco c'est pareil, un médecin quoi.

Dans les magazines, pas de nouvelles, ni de Mark ni de Sarah. Juliette consulta en secret le site Internet de l'actrice, mais les articles ne traitaient que de son prochain film, l'histoire torride d'une femme sublime et aveugle embauchée par le KGB pour séduire un agent de la CIA ténébreux et musclé dont elle tombe amoureuse et qui meurt dans d'atroces souffrances après avoir mis fin à un complot qui conduisait tout droit à la Troisième Guerre mondiale (nucléaire, la guerre). Juliette soupira et éteignit l'ordinateur. Si Mark avait voulu la trouver, il aurait pu. Il suffisait de demander son adresse à l'hôtel. Bien sûr, c'est elle qui était partie, sans même laisser son numéro, mais il était en tort. Il aurait dû la rappeler, s'excuser, s'expliquer. Il n'avait même pas essayé de la contacter, sans doute parce qu'il avait préféré se remettre avec Sarah-aux-jambes-interminables. Comment avait-il réagi en arrivant au restaurant ? Il avait dû d'abord penser qu'elle était en retard, il avait ouvert son journal en l'attendant. Puis, il s'était rendu à l'évidence : elle ne viendrait pas. Peut-être était-il allé frapper à la porte de son bungalow, peut-être était-il tombé sur une femme de ménage en train de nettoyer la chambre aux placards vides. On lui avait donné l'enveloppe. Le cœur de Juliette se serra à cette idée, parce qu'elle savait ce qu'il avait pensé en l'ouvrant. Que les femmes n'étaient pas fiables, qu'elles arrivent et qu'elles partent, sans même dire au revoir, sans même expliquer pourquoi. Que Juliette ne valait pas mieux que sa mère ou que Sarah. Elle aurait dû, sans doute, provoquer une discussion, le confronter, lui montrer le magazine, lui demander pourquoi il lui avait menti au sujet de son excursion à Malé le lendemain de leur première nuit ensemble. Mais elle avait fui, c'était lâche et stupide.

Elle se sentit soudain déprimée.

37.

« RIEN NE SE PERD, RIEN NE SE CRÉE, RIEN NE SE TRANSFORME » RÉFUTATION DE LA LOI DE LAVOISIER PAR JULIETTE CHARPENTIER

Le lendemain elle s'interdit de penser à Mark, il fallait avancer. Elle se leva tôt et s'attela à la tâche, lourdes procédures administratives, finalisation et demande de devis d'impression pour ses menus, nouvel article sur le blog… Elle était concentrée depuis un bon moment quand, en fin de matinée, la sonnette vint la tirer de son travail. Elle ouvrit la porte et tomba nez à nez avec Nicolas. Son écharpe mal enroulée autour de son cou laissait sa gorge à l'air et froissait la moitié gauche de son col de chemise. Il affichait un sourire crispé.

— C'est fini avec Caroline.

Juliette, en peignoir dans l'encadrement de la porte, ne voyait pas vraiment en quoi ça la concernait.

— Je ne vois pas vraiment en quoi ça me concerne.

— Je ne savais pas… je ne pensais pas qu'elle puisse te faire quelque chose comme ça… d'aussi bas, je veux dire… pour ton travail… je voulais te dire que j'étais désolé, vraiment.

— Merci, répondit Juliette. Elle n'avait pas vraiment envie de le faire rentrer et d'un autre côté, il lui faisait un peu de peine.

— Je peux entrer ?

Avec un soupir, elle s'écarta pour le laisser passer.

À peine était-il à l'intérieur qu'il ouvrit des yeux à faire fondre la calotte polaire.

— Je t'aime, Juliette.

Elle ne répondit pas et il se lança dans un long monologue. Il avait commis une erreur monumentale, il avait eu peur de s'engager, peur du sérieux de leur relation, peur d'être heureux. Après avoir démontré en trois parties en quoi le fait d'avoir largué Juliette comme une vieille chaussette du jour au lendemain pour coucher avec une de ses meilleures amies constituait, en fin de compte, la preuve irréfutable et évidente de la force de son amour, il se pencha sur elle et l'embrassa. Juliette ne résista pas. Elle avait rêvé de ce moment pendant des semaines. Elle guetta le grand frisson, les vibrations du bas-ventre, les jambes qui ramollissent… mais elle ne ressentit rien. Rien du tout. Le vide. Elle attendit que ça se termine, poliment, en pensant à tout le travail qui lui restait et tout le temps qu'elle perdait. Elle tressaillit quand il passa un doigt sur sa joue et se surprit à penser à Mark.

— Épouse-moi Juliette, murmura-t-il dans son oreille, il la conduisait vers le canapé, elle se dégagea de son étreinte.

— Je ne sais pas, Nicolas… ça va trop vite…

Il prit l'air peiné.

— Je pensais que…

— Il faut que je réfléchisse, c'est trop brusque, il y a eu tellement de changements récemment… je ne sais plus où j'en suis…

Elle porta une main à son front, la migraine commençait à poindre derrière sa tempe droite.

— C'est Mark Lenault, c'est ça ? Il se moque de toi, vous n'êtes pas du même monde, il sort avec des stars, pas avec des filles comme toi.

Juliette le repoussa, vexée.

— Non, ça n'a rien à voir, j'ai seulement besoin de temps pour réfléchir.

— Pourquoi ? Je pensais que tu m'aimais… Que c'était ce que tu voulais. Tu n'as pas besoin de temps, c'est…

— Tu m'as trompée, et avec une de mes amies, bien sûr que j'ai besoin de temps !

Il se recula d'un pas, la regarda, attristé.

— Mais Juliette, je t'ai trompée parce que je t'aimais trop. Comme l'explique très bien Lacan, l'amour est…

— Non, je me fiche de Lacan et au lieu de me citer de la philosophie…

— Techniquement Lacan est psychanalyste, pas philosophe...

— JE ME FOUS DE LACAN, NICOLAS. Je veux des excuses, pas de la psychanalyse.

— Je t'ai présenté mes excuses, qu'est-ce que tu veux que je fasse de plus ?

En silence elle lui tendit son manteau, elle avait besoin d'être seule.

— Tu m'appelleras ? demanda-t-il en l'enfilant.

Il paraissait tellement sûr de lui qu'elle promit de l'appeler.

Une fois la porte refermée, elle s'assit sur le canapé. Ce n'est pas tant la visite de Nicolas qui l'étonnait, mais sa propre réaction. Elle n'aurait pas dû se sentir aussi indifférente. Peut-être que c'était un signe qu'il revienne, que Mark ne rappelle pas, que la malhonnêteté de Caroline soit révélée, sa vie pouvait retrouver son cours ordinaire. C'était exactement ce qu'elle avait souhaité.

En fin d'après-midi, elle reçut un coup de fil sans surprise de Christelle Crogue, qui lui confirma que CleanOffice reconnaissait son erreur et que les RH allaient appeler Juliette pour lui proposer de la réembaucher au plus vite. Ils lui paieraient probablement même son salaire pour les mois qui s'étaient écoulés depuis sa démission afin de compenser le tort qu'elle avait subi. Quant à Caroline, elle avait été licenciée pour faute grave. Christelle, comme Nicolas, ne semblait pas envisager la possibilité que Juliette refuse. Elle lui détaillait déjà les procédures administratives. Après avoir raccroché, Juliette contempla les feuilles éparses sur la table de la salle à manger, son écran d'ordinateur, son blog, ses échanges d'e-mails avec ses clients potentiels. Était-ce bien réel ? Ces derniers mois ne constituaient peut-être qu'un vaste test, une mise à l'épreuve, mais à présent tout allait rentrer dans l'ordre. Le destin lui présentait la direction à suivre, elle n'avait qu'à la prendre sans réfléchir. Mark ne reviendrait pas. Elle continuerait à cuisiner pendant son temps libre, comme elle l'avait toujours fait.

Elle empila les papiers en une pile propre, elle éteignit l'ordinateur et alluma la télé. Elle se sentait vide. Vide comme une coquille abandonnée sur la plage, ballottée par les marées, qui revient toujours sur la même pierre au fil des vagues, mais s'est un peu ébréchée au passage.

38.

PRESQUE *THE END*

En sortant de la bouche de métro, Juliette remonta son col et enfonça ses mains dans les poches de sa doudoune. Elle avait oublié ses gants. Elle marcha à peine cinq minutes avant d'arriver à l'adresse inscrite sur le Post-it rose chiffonné dans le creux de sa main. Un bel immeuble dans une petite rue du septième arrondissement. Elle sonna à l'interphone.

— Bonsoir, c'est le traiteur, dit-elle devant le micro qui grésillait.

— Montez au sixième, la porte est ouverte, répondit une voix lointaine.

Au fond d'une petite cour, elle grimpa un escalier en pierre, comme seul Paris ou peut-être Rome en offrent encore. Six étages sans ascenseur, pratique pour les courses ! Sur le palier du sixième, l'unique porte était entrebâillée. Dehors, il pleuvait une petite bruine qui l'avait glacée jusqu'aux os et, quand elle entra dans l'appartement, une douce chaleur l'envahit. L'entrée était vide et elle leva les yeux au ciel. Voilà une façon d'accueillir les gens. Une raison supplémentaire de ne pas faire ce métier : l'impolitesse des clients qui se croient tout permis sous prétexte qu'ils paient.

Deux semaines s'étaient écoulées depuis son retour des Maldives. Son bronzage avait déserté sa peau pâle et avec lui, toutes ses ambitions de vie nouvelle. Elle s'était disputée avec Chiara la veille. Elle lui avait annoncé toutes les bonnes nouvelles : qu'elle allait retrouver son travail, se réinstaller avec Nicolas et rendre à Chiara tout l'argent qu'elle lui avait emprunté. Ce n'était pas possible que tout retombe aussi parfaitement en place, c'était forcément un signe du destin. Chiara avait rétorqué que c'était surtout un signe de sa stupidité. Juliette s'était énervée, comme on s'énerve quand on sait qu'on a tort. Elle avait tenu des propos blessants sur le fait que, depuis que Chiara s'était entichée d'Alphonse-Amédée, elle se tenait toujours prête à donner à tout le monde des conseils que personne ne lui demandait. Chiara avait répondu qu'elle, au moins, avait suffisamment de fierté pour ne pas se remettre avec un abruti qui avait couché avec sa meilleure copine et accepter un job d'où on l'avait virée comme une malpropre, le tout en l'espace de trois jours. Alphonse-Amédée, qui squattait de plus en plus souvent chez Chiara, assistait à la conversation et avait jugé le moment opportun pour déclarer que « ne jamais prendre de risques, c'est prendre le pire des risques, celui qu'il ne t'arrive jamais rien ». Comme si on avait besoin de son avis. Et Chiara l'avait regardé comme s'il venait de découvrir la loi de la gravité, ce qui avait exaspéré Juliette, encore plus que le fait qu'il eût raison.

Dans l'après-midi, Chiara avait rappelé, elles s'étaient réconciliées et les choses avaient repris leur cours normal. Pour se faire pardonner, Juliette avait accepté un dernier job pour elle, un dîner de famille organisé à la dernière minute par un cousin milanais de passage à Paris. Juliette ne reprenait le travail qu'une semaine plus tard, elle devait bien ça à Chiara. Pourtant, elle avait comme un sac de ciment dans le cœur.

Elle ôta son bonnet et ouvrit la fermeture Éclair de son manteau.

— Bonsoir, il y a quelqu'un ?

Personne ne lui répondit, mais elle entendait de la musique et elle se dirigea vers le couloir d'où semblait provenir le son.

I see trees of green, red roses too
I see them bloom, for me and you

Malgré leur impolitesse, ses clients avaient bon goût en matière de musique. La voix de Louis Armstrong provoqua une vague de mélancolie chez Juliette et elle se sentit nostalgique du soleil des Maldives. La mélodie lui parvenait de plus en plus nette, elle marchait dans la bonne direction. Elle remonta le couloir aux murs recouverts de livres.

Au bout, elle aperçut un petit escalier en bois. Elle se baissa pour ramasser par terre une petite chose douce et souple, rouge sombre, presque bordeaux.

Un pétale.

Intriguée, elle gravit les premières marches, écrasant sous ses pieds d'autres pétales éparpillés, la chanson continuait, maintenant parfaitement audible. Elle s'arrêta, leva la tête, le pétale toujours à la main, ce fumet, c'était…

Non, elle rêvait, ce n'était pas possible.

Elle monta les marches lentement, à la fois impatiente et anxieuse à l'idée de ce qui l'attendait en haut. L'escalier donnait dans une large pièce très éclairée. La cuisine ouverte à l'américaine et son frigo en Inox dénotaient avec les murs en pierres découvertes et les poutres de bois brut. Au loin, par une grande baie vitrée on apercevait le Sacré-Cœur au milieu d'un océan de toits mouillés. Sur la table, deux chandelles, deux couverts, deux flûtes pleines de champagne et au centre, encore fumantes, un peu brûlées sur le dessus et probablement encore congelées à l'intérieur, toujours dans leur barquette en aluminium… des lasagnes Findus surgelées.

Une irrépressible envie de rire prit Juliette à la gorge et toutes ses angoisses s'envolèrent avec la légèreté d'un fumet de lasagnes trop cuites sur une plage des Maldives.

— Tu croyais te débarrasser de moi comme ça ?

Adossé au mur, les mains dans les poches, Mark l'observait, une étincelle taquine dans ses yeux bruns. Juliette resta plantée en haut des marches comme un poireau dans un champ, à essayer de retenir le sourire idiot qui insistait pour s'étaler sur son visage.

Il s'approcha, prit sa main dans la sienne.

— Tu pars comme une voleuse, sans même laisser un numéro…

Il s'interrompit pour jouer avec les doigts de Juliette. Quand il caressa la paume de sa main de ses doigts tièdes, un frisson de plaisir la parcourut.

Mark continua de sa voix grave, presque en chuchotant, ses lèvres de plus en plus proches des joues enflammées de Juliette. Il lui avait manqué.

— … je suis obligé de chercher ton numéro professionnel sur Internet, de passer une heure au téléphone avec Chiara qui m'a engueulé comme du poisson pourri parce que je n'avais pas appelé assez vite et que, je la cite, « tu étais en train de redevenir un légume ». Il avait la bouche tout contre son oreille maintenant et elle sentait son souffle chaud dans son cou. Elle voulait fermer les yeux, que ses vêtements disparaissent comme par magie pour qu'ils puissent passer aux choses sérieuses et en même temps que l'instant dure éternellement.

— Je suis désolée, Mark…

Elle se sentait faible, il posa ses mains sur sa taille, la serra contre lui, frôla de ses lèvres le creux de son cou.

— Pourquoi tu es partie ? Je t'ai attendu comme un idiot au restaurant pendant deux heures, je suis passé pour le dernier des cons, je me suis fait du souci.

Il jouait avec une mèche de ses cheveux, il effleura ses lèvres des siennes. Elle ne se souvenait plus du tout pourquoi elle était partie.

— À cause de Sarah, murmura-t-elle.

Il rit, fit un pas en arrière pour la dévisager.

— C'est fini avec Sarah. Depuis longtemps. C'est l'unique raison pour laquelle je l'ai vue à Malé, pour lui dire que c'était terminé, que j'avais rencontré quelqu'un. Qu'est-ce que tu veux que je fasse d'une fille comme ça ?

Elle se fichait de Sarah, elle voyait qu'il disait la vérité. Elle leva la tête vers lui, passa les bras autour de son cou, approcha ses lèvres des siennes et l'embrassa. Ils restèrent longtemps serrés l'un contre l'autre, puis Mark l'éloigna doucement de lui.

— J'allais oublier, il faut que tu appelles Chiara.

— Chiara ? Je l'appellerai plus tard.

— Non, maintenant. Elle m'a dit que si tu ne l'appelais pas une heure après ton départ de l'appartement pour lui raconter dans les moindres détails ce qui s'était passé et qu'elle était obligée de subir les affres d'une attente insupportable, sa vengeance sur moi serait terrible.

Il prit un air faussement inquiet et Juliette éclata de rire.

— D'accord, je l'appelle vite fait alors.

— Et tant que tu y es, demain matin tu rappelleras ton boulot.

— Mon boulot ?

— Tu leur diras que tu prends un congé sabbatique d'un an pour monter ta boîte et que s'ils ne sont pas d'accord, ils peuvent aller voir aux Prud'hommes si tu y es.

— Tu ne crois pas que c'est un peu précipité ? Je ne sais pas si…

— Juliette, j'ai parlé de toi au Tout-Paris, j'ai fait ta publicité partout, si tu laisses tomber, je vais passer pour un crétin.

Il dépliait sa serviette, elle se racla la gorge, un peu gênée. Elle venait de se rappeler un léger détail.

— Tant que j'y suis je vais appeler Nicolas.

— Nicolas ? Pourquoi ?

— Pour lui dire que je vais prendre un congé sabbatique de lui pendant environ quatre-vingts ans et que si ça ne lui va pas il peut aller voir chez les Maldiviens si j'y suis.

— Excellente initiative, mais moi je commence à dîner, parce que je n'ai pas préparé ce magnifique dîner aux chandelles pour manger froid.

39.

THE END

Juliette sortit une clé de la poche arrière de son jean et l'enfonça dans la serrure. Elle poussa la porte de l'appartement, déposa sur le comptoir de la cuisine le sachet en papier rempli de croissants chauds achetés à la boulangerie du coin. Trois grandes fenêtres laissaient entrer les rayons chauds du mois de juin. L'appartement était situé dans le onzième arrondissement et, bien qu'il soit proche des rives animées du canal Saint-Martin, il était parfaitement calme. Il comportait une grande cuisine (l'unique exigence de Juliette) et suffisamment de pression dans la douche (l'unique exigence de Mark).

Sur le palier, elle entendit les portes de l'ascenseur s'ouvrir et Mark apparut, chargé de deux cartons sur lesquels étaient respectivement écrits « Trucs divers chambre 1 » et « Bidules tiroir de l'entrée ».

— Alors ? Il te plaît toujours autant, demanda-t-il.

— Encore plus que quand on l'a visité !

Vittoria, Amédée et Chiara arrivèrent quelques minutes plus tard, suivis de deux copains de Mark chargés d'un matelas qu'ils avaient dû monter par l'escalier. Mark, qui avait déposé son chargement, était en train d'embrasser Juliette dans le cou.

— Dites-le si on vous dérange ou prenez une chambre ! s'exclama Chiara en riant.

Juliette pouffa et se libéra des bras de son compagnon.

— Ces cartons vont dans notre chambre, dit-elle en ouvrant une porte.

— Mais qu'est-ce que t'as mis là-dedans, *cara mia* ? râla Chiara qui portait un paquet volumineux. Ta collection d'enclumes ?

— Bon, tu nous fais visiter ? demanda Vittoria déjà affairée à ouvrir tous les placards.

Une fois la visite terminée, tout le monde se mit à apporter les meubles et transporter les cartons, tandis que Juliette donnait des instructions en courant dans tous les sens. De temps en temps, elle croisait Mark qui lui volait un baiser. L'emménagement prit toute la journée, notamment parce que la nomenclature des cartons laissait à désirer (impossible de se souvenir où allait le mystérieux carton intitulé « machins table-placard SDB 2/3 »). Juliette allait de pièce en pièce, avec un sourire ravi, demandant qu'on déplace le canapé pour la troisième fois ou qu'on teste de positionner un tapis dans l'autre sens, ouvrant et refermant au passage des cartons au hasard.

— Ce sera quoi la petite pièce du fond ? demanda Chiara.

— Le bureau, répondit Juliette.

— Mais je croyais que tu avais trouvé un local pour ton entreprise, depuis que ça marche si fort ? rétorqua Vittoria.

— Oui, mais Mark travaille souvent de la maison.

Chiara proposa ensuite d'organiser la garde-robe de Juliette et Vittoria s'occupa de ranger les placards de la cuisine. Pour le déjeuner, Juliette descendit acheter des sandwichs pour ses déménageurs de fortune.

En fin d'après-midi, le plus gros du déménagement était terminé. Juliette dénicha une bouteille de champagne tiède et en offrit à tout le monde dans des verres en plastique. Elle termina la bouteille dans le verre de Mark.

— Marié dans l'année ! s'exclama Vittoria en riant.

Ils trinquèrent à leur installation, puis chacun rentra chez soi et Mark et Juliette se retrouvèrent seuls dans le nouvel appartement. Le mois de juin se terminait et une lumière rosée éclairait les cartons qui traînaient encore çà et là.

— Bienvenue chez nous, ma puce, murmura Mark en posant ses lèvres sur celles de Juliette.

Elles avaient le goût de champagne et un délicieux frisson remonta la colonne vertébrale de la jeune femme. Elle dut se retenir de glisser les mains sous le tee-shirt de Mark. Ils avaient beau être ensemble depuis dix-huit mois, elle avait toujours des papillons dans le ventre quand il s'approchait d'elle.

— Tu veux qu'on commence par ranger quoi ? demanda-t-il.

— Viens, dit-elle, en le prenant par la main.

Elle attrapa au passage deux tournevis et un marteau et entraîna Mark vers la petite pièce du fond. Ils ouvrirent le gros paquet qui avait été laissé appuyé contre le mur et entreprirent de monter le meuble IKEA qu'il contenait.

— Mais à quoi sert ce truc ? soupira Mark en étudiant le plan, tenant à la main une vis qu'il n'arrivait à caser nulle part.

— Tu fais n'importe quoi, rit Juliette et lui prenant des mains et en commençant à visser, elle va ici…

Quand ils eurent terminé, ils contemplèrent leur œuvre avec satisfaction. Le lit bébé flambant neuf se dressait au milieu de la petite pièce encombrée de cartons. Juliette eut un soupir de contentement.

— Tu crois que Chiara a remarqué que je n'avais pas bu de champagne ?

— Non, elle était trop occupée à engueuler Amédée parce que ses chaussettes n'étaient pas assorties à sa ceinture.

— On lui dit demain, alors ?

— Quand tu veux, dit Mark en posant les mains sur le ventre de Juliette.

Ils restèrent un instant en contemplation devant le petit lit à barreaux, souriant dans le vide à l'idée de cette nouvelle aventure qui s'annonçait.

— Au fait, j'ai un cadeau pour toi, dit Juliette.

Elle sortit de la pièce et revint quelques instants plus tard avec une enveloppe blanche qu'elle tendit à Mark.

Celui-ci la déchira et, avec un sourire amusé, en sortit deux billets d'avion.

— Mexico en septembre ? Tu es sûre de toi ? demanda-t-il en riant.

— Je ne voudrais pas que tu t'encroûtes trop dans ta zone de confort, sous prétexte qu'on va avoir un bébé et qu'on a déménagé ! Et puis, il paraît qu'on peut faire de très belles plongées au Mexique...

— Génial !

Il la souleva dans ses bras pour l'emmener dans leur nouvelle chambre. Juliette eut envie de rire. Si on lui avait dit deux ans plus tôt qu'elle, Juliette Charpentier, serait sur le point de partir en voyage au Mexique avec l'ex de Sarah Lamour, enceinte de surcroît, elle ne l'aurait jamais cru... Son horoscope n'avait pas du tout prévu ça.

MERCI

À mon mari Vincent, à mes parents, à mes frères et ma belle-sœur pour leur soutien indéfectible au cours des huit dernières années dans cette belle aventure qu'est l'écriture.

À ceux qui me soutiennent et défendent mes livres avec enthousiasme depuis ce tout premier roman, ma famille, ma belle-famille, mes amies, mes cousins et les lecteurs inconnus qui prennent le temps de m'écrire et de partager mes romans avec leur entourage.

Aux Éditions Charleston, Karine Bailly de Robien et Laury-Anne Frut pour leur confiance et toute l'équipe presse et marketing qui défend mes romans avec ferveur et efficacité.

Aux lecteurs de ce premier roman et des suivants, grâce à qui j'ai réalisé mon rêve, de vivre des histoires qui se bousculent dans ma tête depuis que je suis toute petite.

J'espère que cette histoire vous a plu, si c'est le cas, n'hésitez pas à me suivre et à me donner votre avis sur les réseaux sociaux :

Sur Facebook :
facebook.com/vareille.marie

Sur Instagram :
@marie_vareille

Sur Twitter :
@Marie_Vareille

Et découvrez plein d'autres idées lectures
sur marielitenpyjama.com

ou sur ma chaîne YouTube
« Marie lit en pyjama »

DE LA MÊME AUTEURE

La vie rêvée des chaussettes orphelines

Sur le papier, Alice va très bien : célibataire parfaitement assumée, elle a une carrière en or dans la finance à New York, un loft avec vue sur Central Park et un secret si profondément enfoui qu'elle peut presque prétendre l'avoir oublié.

Certes, elle ne dort plus sans somnifères, elle collectionne les crises d'angoisse, les TOC et les névroses, mais on ne va pas en faire tout un plat. Tout le monde a ses petits secrets, non ?

Mais le problème avec les petits secrets, c'est qu'ils peuvent générer de grosses complications... et si Alice est devenue experte à fuir le passé, elle est beaucoup moins douée quand il s'agit d'affronter la réalité.

Parution en juin 2019

Chloé, 28 ans et Parisienne jusqu'au bout des ongles, enchaîne les histoires d'amour catastrophiques. Un jour, elle conclut un pacte avec son amie Constance. Chloé devra s'exiler en pleine campagne avec l'interdiction d'approcher un homme, et réaliser son rêve de toujours : écrire un roman. Constance, incorrigible romantique, s'engagera à coucher le premier soir avec un parfait inconnu.

De Paris aux vignobles du Bordelais en passant par Londres, cet étrange pari entraînera les deux amies bien plus loin que prévu...

Réussiront-elles à tenir leur engagement ?

8,50€
352 pages

CE ROMAN VOUS A PLU ?

Ce roman fait partie de notre sélection

Prix des lectrices Charleston 2019

Retrouvez tout au long de l'année, 6 romans au format poche, choisis avec soin par les éditions Charleston pour vous faire voyager, réfléchir ou rêver…

Un jury de choc, composé de 60 de nos plus fidèles lectrices se réunira en fin d'année pour désigner le grand vainqueur de cette première édition.

Bonne lecture !

SÉLECTION
PRIX
DES
LECTRICES
CHARLESTON

Achevé d'imprimer en Espagne
par Novoprint
Dépôt légal : mai 2019